OS MENINOS DA RUA PAULO

Ferenc Molnár

OS MENINOS DA RUA PAULO

Tradução
Karla Lima

Principis

Esta é uma publicação Principis, selo exclusivo da Ciranda Cultural
© 2024 Ciranda Cultural Editora e Distribuidora Ltda.

Traduzido do original em inglês
The Paul Street Boys

Texto
Ferenc Molnár

Editora
Michele de Souza Barbosa

Tradução
Karla Lima

Preparação
Eliel Cunha

Produção editorial
Ciranda Cultural

Diagramação
Linea Editora

Revisão
Fernanda R. Braga Simon

Design de capa
Ana Dobón

Dados Internacionais de Catalogação na Publicação (CIP) de acordo com ISBD

M727m	Molnár, Ferenc	
	Os meninos da rua Paulo / Ferenc Molnár ; traduzido por Karla Lima. - Jandira, SP : Principis, 2024.	
	192 p. : il.; 15,50cm x 22,60cm. - (Clássicos da literatura mundial)	
	Título: The Paul Street Boys	
	ISBN: 978-65-5097-134-2	
	1. Literatura húngara. 2. Amizade. 3. Memórias. 4. Amizade. 5. Disputa. 6. Infância. I. Lima, Karla. II. Título. III. Série.	
2023-1758		CDD 894.11
		CDU 511.141

Elaborada por Lucio Feitosa - CRB-8/8803

Índice para catálogo sistemático:
1. Literatura húngara 894.11
2. Literatura húngara 511.141

1ª edição em 2024
www.cirandacultural.com.br
Todos os direitos reservados.
Nenhuma parte desta publicação pode ser reproduzida, arquivada em sistema de busca ou transmitida por qualquer meio, seja ele eletrônico, fotocópia, gravação ou outros, sem prévia autorização do detentor dos direitos, e não pode circular encadernada ou encapada de maneira distinta daquela em que foi publicada, ou sem que as mesmas condições sejam impostas aos compradores subsequentes.

Esta obra reproduz costumes e comportamentos da época em que foi escrita.

Prefácio

Neste verão, parei para almoçar em uma pequena cidade italiana, e o garçom, idoso, descobriu durante nossa conversa que eu sou húngaro. "Ah, o senhor vem do país de *Os meninos da Rua Paulo*", ele se entusiasmou. "Eu li na adolescência e me lembro de cada capítulo." Quando lhe contei que por acaso sou neto do autor, ele voltou à cozinha e dobrou o tamanho da porção.

De fato, este livro é um verdadeiro clássico mundial em seu gênero e foi traduzido para catorze línguas, até o momento. Fui bombardeado por cartas das grandes comunidades húngaras expatriadas em países de língua inglesa, em especial os Estados Unidos, que me perguntavam por que o livro de Molnár estava fora de circulação havia décadas, impossível de ser encontrado mesmo em sebos, e contando como eles gostariam que os filhos lessem sua história favorita da infância, que também lhes daria um gostinho da época e da geração de seus bisavós. Talvez os editores pensassem que um romance escrito em 1907, em uma tradução um tanto datada de 1927, não fosse atrair os adolescentes desta nossa era dos computadores. A triste verdade é que alguns clássicos juvenis que reli perderam sua antiga mágica, ao menos para mim. Mas não este. *Os meninos da Rua Paulo* ainda é a mesma história fascinante de duas gangues de meninos que travam uma guerra por um pedaço de terra, um canteiro de obras abandonado, um depósito temporário de madeira, que é seu amado terreno de aventuras, um querido símbolo de liberdade para eles.

A Rua Paulo não é um local imaginário: ela ainda existe em Budapeste, com o mesmo nome, e não mudou muito desde 1907. As crianças já não usam casaquinhos de marinheiro nem chapéus de palha, mas, quando os meninos saem em bando de uma escola próxima, ainda consigo ver entre eles todos os personagens do livro de Molnár: o belo Boka, líder da gangue, uma cabeça mais alto que os demais; o dissimulado Geréb, o traidor; e claro que há um menorzinho que se parece com o herói da história, Ernó Nemecsek, que era "como o algarismo 1 na aritmética, nem multiplicando nem dividindo as coisas" e, sendo tão insignificante, tornava-se a vítima ideal. Vítima ele foi, mas também, com sua grande força moral, um exemplo para todos.

Quando Ferenc Molnár escreveu *Os meninos da Rua Paulo*, as histórias de guerra com os índios, de Cooper[1], eram extremamente populares na Hungria, e há certo sabor de sua moralidade neste livro. Há exemplos de camaradagem, lealdade, idealismo e, claro, amor à liberdade – bem os tipos de virtude ainda necessários hoje. Molnár sempre consegue evitar ser um pouquinho sentimental demais. Como Mark Twain, ele tem a sagacidade e o bom senso do grande escritor para misturar o grotesco e o patético.

Os meninos da Rua Paulo apareceram pela primeira vez como folhetim em uma revista para adolescentes, e cada capítulo se esgotava em questão de horas. Para esta nova edição, aqui e ali o diálogo precisou ser limpo de

---

[1] James Fenimore Cooper (1789-1851), romancista americano; autor, entre outros, de *Os pioneiros* e *O último dos moicanos*. (N.T.)

seu ranço da época, mas "época", neste caso, também significa um tipo de charme da *belle époque*, cartolas e táxis puxados por cavalo, que oferecem ao jovem leitor uma interessante jornada no tempo – para longe da nossa era dos computadores.

Mátyás Sárközi

I

Exatamente às quinze para a uma, depois de repetidos experimentos inúteis, a tensa expectativa foi recompensada. Na chama sem cor de um bico de Bunsen sobre a mesa da sala de aula, de repente explodiu um brilho esmeralda vivo; os esforços do professor para demonstrar o fato de que certas substâncias químicas são capazes de alterar a cor do fogo haviam se provado bem-sucedidos. Mas no mesmo instante triunfal, exatamente às quinze para a uma, intrometeu-se o som de um realejo em um pátio vizinho, em resultado do qual toda a seriedade e atenção sumiram imediatamente. As janelas estavam bem abertas, para deixar entrar o calorzinho de um dia de março, quando as asas da brisa fresca de primavera sopraram a música para dentro da sala. Era uma canção húngara animada, que saía do realejo em ritmo de marcha. Era tão completamente hilária no jeito, tão vienense no espírito, que a classe toda se sentiu tentada a sorrir; na verdade, muitos entre os presentes não contiveram o impulso.

A faixa esmeralda no bico de Bunsen continuou a tremular alegremente e conseguiu atrair alguma dose de atenção entre os meninos sentados na frente. Mas outros deixaram que seus olhares cruzassem a janela até os telhados das pequenas moradias vizinhas. Ao longe, reluzindo no ouro do sol do meio-dia, erguia-se na paisagem a torre de uma igreja. O grande ponteiro do relógio tinha se arrastado, reconfortantemente, para perto do número doze. E os meninos, concentrados no que estava acontecendo do lado de fora, ouviram também sons não totalmente de acordo com essa atmosfera. Cocheiros tocando a buzina. Em algum lugar, uma criada cantando uma música muito diferente daquela do realejo. Toda a turma ficou impaciente. Alguns meninos reviravam os livros nas carteiras. Os mais ordeiros limpavam o bico das canetas. Boka guardou o pequeno tinteiro de bolso em um estojo de couro carmesim, uma engenhoca bem criativa que nunca vazava, exceto quando transportada no bolso. Csele reuniu as folhas soltas que usava em lugar dos livros. Porque Csele, veja bem, era um almofadinha. Não gostava de cansar os braços com uma pilha de livros da biblioteca, como faziam os colegas. Ele só levava as páginas absolutamente necessárias. E mesmo essas eram escrupulosamente distribuídas por seus vários bolsos. Csónakos, sentado no fundo, bocejava como um hipopótamo entediado. Weisz virava os bolsos do avesso, espalhando as migalhas que haviam se acumulado naquela manhã, quando ele mordiscara um doce durante uma aula inteira. Geréb arrastava os pés debaixo da carteira, como se estivesse prestes a se levantar. Barabás esticou bem descaradamente uma lona sobre seus livros, empilhados de acordo com o tamanho. Depois, amarrou com tanta força uma correia em volta do pacote que a carteira rangeu. Ele ficou com o rosto vermelho.

Em outras palavras, estava em andamento uma movimentação conjunta para a partida; só o professor não percebia que, em mais cinco minutos, tudo estaria acabado. Pois, enquanto seu olhar sincero percorria as várias cabeças jovens desinteressadas, ele simplesmente perguntou:

– O que está acontecendo?

Seguiu-se um silêncio profundo. Um silêncio mortal. Barabás afrouxou o aperto na correia, Geréb recolheu os pés para baixo da cadeira. Weisz desvirou os bolsos, e Csónakos pousou a mão sobre a boca, disfarçando o bocejo atrás dela. Csele soltou as folhas e Boka rapidamente guardou o tinteiro carmesim, do qual imediatamente, ao primeiro contato com o bolso, começou a pingar um belo líquido azul.

– O que foi? – repetiu o professor, e àquela altura estavam todos imóveis nas cadeiras.

Então ele olhou para a janela, através da qual a música do realejo entrava como que desafiando a disciplina professoral. Mas o olhar do professor para a janela continuou imperturbado, quando ele disse:

– Csengey, feche essa janela.

Csengey, que era conhecido como Csengeyzinho, "o primeiro da classe", levantou-se e, sem deixar que sua expressão rígida relaxasse, caminhou para fechar a janela.

Naquele mesmo instante, Csónakos, sentado no corredor, ergueu-se um pouco da cadeira e, inclinado, cochichou para um amiguinho loiro:

– Olha, Nemecsek.

Nemecsek lançou para trás um olhar furtivo, depois olhou para o chão. Uma bolinha de papel tinha rolado até seus pés. Ele pegou e desdobrou. De um lado estava escrito: "Passe para o Boka".

Nemecsek sabia que aquele era só um jeito de indicar o destinatário, e que ele poderia encontrar a verdadeira mensagem no verso do papel. Mas Nemecsek era decididamente uma pessoa de caráter e não se rebaixaria a ler uma coisa dirigida a outro. Assim, enrolou de novo a bolinha, aguardou o momento mais oportuno e se inclinou para o corredor, cochichando:

– Boka, olha!

Agora era a vez de Boka de esquadrinhar o chão, que tinha se demonstrado o melhor meio para as trocas deles. A bolinha foi rolando na direção de Boka. Do outro lado dela, o lado que, devido a fortes escrúpulos, o loirinho Nemecsek não tinha lido, estavam estas palavras: "Às três horas vai ter assembleia geral no *grund*. Eleição para presidente. Espalhe".

Boka embolsou o pedaço de papel e deu um puxão final na correia que mantinha os livros juntos. Era uma hora. Uma campainha elétrica começou a soar. Agora, também o professor se dava conta de que sua aula estava encerrada. Ele apagou o bico de Bunsen, informou qual seria a lição seguinte e voltou ao laboratório, para sua coleção de pássaros empalhados. Eles ficavam empoleirados nas prateleiras e, sempre que a porta era aberta, seus olhos de vidro espiavam para dentro da sala de aula. Em um dos nichos havia também um espécime modesto mas digno de seu arquissegredo, o terror dos terrores: um esqueleto amarelado.

A turma se dispersou rapidamente. Os enormes corredores com colunas ecoavam com o tropel enlouquecido dos pés em retirada, diminuindo apenas quando a rara figura alta de um professor aparecia no meio da horda de jovens. Os menos propensos a moderar os passos retomavam a corrida escada abaixo assim que os mestres sumiam em uma curva.

Pelo portão afora saíram os jovens aos trambolhões, quase caindo na rua. Metade deles virou para a direita e metade se precipitou na direção oposta. Alguns professores também emergiram. Quando eles apareceram, os chapeuzinhos estavam sendo tirados. Todos os meninos estavam cansados e com fome e corriam pelas ruas ensolaradas. Suas mentes estavam um tanto entorpecidas. Um torpor que, diante da alegria e da vida da rua, foi cedendo aos poucos. Assim como muitos prisioneiros libertados, eles cambalearam ao contato com tanto ar fresco e luz do sol. Deleitaram-se com o barulho da cidade, o ânimo e a vivacidade, coisas que para eles significavam meramente agrupamentos de táxis, bondes puxados por cavalo, ruas e lojas em meio aos quais eles deveriam encontrar o caminho para as respectivas casas.

Sem ser visto pelos amigos, Csele estava pechinchando o preço de um pedaço de halva perto do portão. Porque, você precisa entender, o vendedor tinha descaradamente aumentado o valor. É de conhecimento geral que esse doce é vendido pelo mesmo preço no mundo inteiro, ou seja, um centavo. O homem da halva levanta o martelinho e, seja qual for o tamanho da massa branca recheada de nozes que ele corte, com um único golpe, será vendido por um centavo. Da mesma forma, é sabido e reconhecido que qualquer coisa vendida no portão da escola não pode custar mais que um centavo a porção. Um centavo é só o que você precisa pagar por três ameixas espetadas em um palito, três figos fatiados, três ameixas secas e três nozes cortadas ao meio – tudo mergulhado em xarope de açúcar. Uma barra grande de alcaçuz não custa mais que um centavo, nem uma porção de balas duras. Na verdade, por um centavo também se consegue comprar o que é conhecido como "forragem de estudante", uma mistura deliciosa embrulhada em saquinhos. É uma combinação de nozes, passas, balas, amêndoas, terra, cominho e moscas mortas. Por um único e solitário centavo, essa "forragem de estudante" engloba os produtos de toda a indústria e dos reinos animal e vegetal.

Csele estava discutindo, o que significava que o vendedor tinha subido o preço. Aqueles familiarizados com o estatuto comercial sabem que os preços têm tendência a aumentar quando o negócio é arriscado. Assim, por exemplo, sabemos que os chás asiáticos, transportados através de regiões infestadas de bandoleiros, têm um preço proibitivo. Essa ameaça é paga pelos habitantes da Europa Oriental. Este nosso ambulante também era decididamente um empreendedor, pois o pobre camarada tinha sido ameaçado de remoção das proximidades da escola. Ele sabia muito bem que, uma vez que estivessem decididos a se livrar dele, não duraria muito; e que, apesar de sua abundância de doces, não poderia ter esperança de sorrir com doçura suficiente para convencer os professores que passavam por ele de que era tudo, menos um inimigo da juventude.

– Estes jovens estão gastando todo o dinheiro que têm com aquele italiano – diziam os sisudos mestres da educação.

E o vendedor sabia instintivamente que seu negócio não iria prosperar por muito tempo perto do liceu. E foi por isso que aumentou os preços. Ao menos ele aproveitaria ao máximo. Teve a franqueza de dizer a Csele:

– Antes disso tudo custava um centavo. Depois disso tudo dois centavos.

Enquanto ele grunhia com dificuldade essas palavras em húngaro, fazia volteios com o martelinho, em grande agitação. Geréb cochichou para Csele:

– Atira o chapéu no tabuleiro dele.

Csele achou a ideia esplêndida. Que emoção aquilo lhe daria! A visão dos doces escorregando para a direita e para a esquerda! E que sensação aquilo causaria entre os meninos!

Geréb, o diabinho, sussurrou palavras provocativas:

– Vai, joga nele! Ora, ele é um pão-duro!

Csele tirou o chapéu.

– Este chapéu lindo? – ele disse, pesaroso.

Claramente, Geréb tinha feito asneira. Sua fascinante sugestão fora dada à pessoa errada. Ele deveria ter lembrado que Csele era um almofadinha e só carregava "folhas" para a escola.

– Está com medo de arriscar? – perguntou Geréb.

– Estou – Csele respondeu. – Mas não pense nem por um instante que sou um covarde. Não sou. Apenas não tenho coragem de tratar o chapéu tão mal. E posso provar. Se você quiser, com todo o prazer eu jogo o *seu* chapéu nele!

Aquilo foi demais para Geréb. Quase um insulto. Ele se inflamou. Disse:

– Se é para ser com o meu chapéu, eu mesmo faço o serviço. Este homem é um pão-duro, estou lhe dizendo. Se você está com medo, é melhor ir embora.

E com um gesto que em sua cabeça indicava combatividade, ele tirou o chapéu para esmagá-lo no tabuleiro repleto de doces.

Mas alguém atrás dele agarrou sua mão suspensa. Uma voz com uma gravidade quase adulta perguntou:

– O que está tentando fazer?

Geréb virou a cabeça. Era Boka, que mais uma vez perguntou:

– O que está tramando?

Foi acompanhado de um olhar sério mas gentil. Fez Geréb se encolher; ele rosnou, também, como um leão confrontando o domador. Depois amansou. Recolocando o chapéu, deu de ombros. Boka disse, tranquilamente:

– Deixe o homem em paz. Eu admiro a coragem, mas isso é tolice. Vamos!

Ele estendeu a mão para Geréb. Era uma mão manchada de tinta. O tinteiro portátil tinha vazado alegremente, e Boka esticara a mão sem perceber o estado de seu bolso. Mas isso não perturbou nenhum deles. Boka calmamente limpou a mão em uma parede próxima. O resultado foi que deixou borrões na parede, mas nem por isso sua mão ficou menos suja. Boka enlaçou o braço no de Geréb e eles tomaram o rumo de casa pela rua comprida. O asseado pequeno Csele ficou para trás. Os amigos ainda estavam ao alcance de sua voz quando, com a resignação melancólica de um rebelde derrotado, ele disse ao vendedor italiano:

– Ora bem, já que tudo vai ser vendido a dois centavos a partir de agora, o senhor então pode me dar dois centavos de halva.

Eles até o viram vasculhar a bolsa verde limpinha, enquanto o vendedor abria um largo sorriso. Provavelmente estava se perguntando o que aconteceria se, amanhã ou depois, aumentasse o preço para três centavos. Mas rapidamente descartou a ideia como sendo uma fantasia boba. Pareceu-lhe tão fantástica quanto quando uma pessoa sonha que uma libra vale cem. O martelinho desceu pesadamente sobre a massa de halva, e ele enfiou o pedaço em um saquinho.

Csele arregalou os olhos para ele:

– Ora, mas está menor do que antes!

O sucesso tinha deixado o vendedor atrevido. Ele disse, com um sorriso:

– Agora mais caro, então menos.

E com isso ele se virou para um novo cliente que, aproveitando-se da conversa entreouvida, já tinha seus dois centavos separados. Com o martelinho o vendedor começou a cortar a massa doce branca. Os movimentos eram estranhamente parecidos com os dos algozes gigantes dos livros de fábulas medievais, figuras lendárias no ato de arrancar, com machados minúsculos, a cabeça de anões. Ele parecia extrair um prazer sanguinário do ato de cortar a halva.

– Não – disse Csele para o novo cliente. – Não compre dele. É um miserável.

E de repente enfiou o pedaço de halva inteiro na boca. Metade do saquinho ficou grudada inseparavelmente, mas não imune à remoção por lambidas.

– Esperem por mim! – gritou para Boka e Geréb, correndo na direção deles.

Na primeira esquina, ele os alcançou. Ali os três viraram para a Rua Pipa no sentido da Rua Soroskar. De braços dados, com Boka no centro, caminharam adiante enquanto Boka, com seriedade e calma, como era seu feitio, opinava sobre um assunto de interesse mútuo. Ele tinha catorze anos e quase nenhum traço de masculinidade no rosto. Mas ele ganhava idade no momento em que abria a boca. Sua voz era profunda, gentil e persuasiva. E qualquer coisa que ele dizia tinha as mesmas qualidades de sua voz. Ele raramente falava bobagem e não tinha a menor inclinação para a peraltice. Nunca se envolvia em discussões bobas e invariavelmente se recusava a agir como mediador. Ele sabia muito bem que decisões desse tipo em geral acabam em azedume contra o árbitro. Só quando as coisas saíam do controle, quando uma interferência pedagógica se tornava necessária, é que Boka entrava em cena como conciliador. A conciliação não provoca a ira de nenhum dos lados. Em outra palavras, Boka parecia ser um rapazola sensato destinado, se não a conquistar coisas grandiosas, a assumir seu lugar na vida como um homem honrado e íntegro.

O trajeto para casa exigia que o jovem triunvirato virasse na Rua Köztelek. A ruazinha tranquila se aquecia docemente ao sol de primavera, imperturbada pelo rugido abafado de uma fábrica de cigarros que se estendia em um dos lados da rua. Duas figuras solitárias eram no momento as únicas criaturas humanas visíveis para os recém-chegados à Rua Köztelek. Estavam paradas no meio da rua, ostensivamente de vigia. Uma das figuras era Csónakos, identificado por ser muito forte, e a outra era o pequeno Nemecsek.

Ao notar os três rapazes de braços dados, Csónakos ficou tão contente que assobiou entre os dedos como um motor a vapor. Aquela explosão peculiar era uma conquista todinha dele. Ninguém no quarto ano conseguia imitar. Também não havia muitos, no liceu inteiro, capazes de produzir um som tão poderoso, um som que era realmente mais popular entre taxistas. Cinder, presidente do clube de leitura, era o único reconhecido sem sombra de dúvida como capaz de assobiar do mesmo modo. Mas Cinder só praticou esse passatempo até se tornar chefe do clube. Depois passou a considerar que enfiar os dedos na boca estava abaixo de sua dignidade. Dificilmente seria adequado à posição de alguém que, toda quarta-feira à tarde, sentava-se no tablado do lado do professor de literatura.

Enfim, Csónakos emitiu um som agudo. Os três meninos foram até os outros dois e formaram uma rodinha no meio da rua. Csónakos virou-se para o pequeno Nemecsek de cabelos cor de areia e disse:

– Você ainda não contou para eles?

– Não – respondeu Nemecsek.

O trio perguntou em uníssono:

– O quê?

Csónakos respondeu no lugar de Nemecsek.

– Ontem, no museu, eles vieram com aquela droga de *einstand* outra vez.

– Quem?

– Os Pásztor, ora.

O silêncio que se seguiu foi agourento.

Talvez seja útil que eu explique aqui o significado de um *einstand*. É um termo peculiar, típico das crianças de Budapeste. Sempre que um jovem descarado e valentão encontra meninos mais fracos que ele jogando bolinhas de gude ou em brincadeiras parecidas ao ar livre, e deseja interromper o jogo, ele grita: EINSTAND. Essa palavra teutônica horrível indica que o menino fisicamente mais forte considera que roubar as bolas de gude dos outros é um saque legítimo, e que está pronto a usar força contra qualquer resistência. EINSTAND, portanto, significa uma declaração de guerra. É um modo sucinto e inequívoco de proclamar um estado de sítio; o direito da força, do punho, do banditismo.

Csele foi o primeiro a falar. Um arrepio percorreu o sensível Csele, quando ele disse:

– Um *einstand*, você disse?

– Sim – confirmou Nemecsek, sua coragem aumentava conforme percebia o profundo efeito produzido pela confirmação.

Então Geréb explodiu.

– Não podemos mais suportar isso! Faz tempo que sou a favor de fazermos algo a respeito, mas o Boka torce o nariz para todas as sugestões. Se não fizermos nada, eles são capazes de nos dar uma surra também.

Csónakos colocou dois dedos na boca para indicar que estava prestes a assobiar de alegria. Estava pronto para se juntar a todas as revoluções. Mas Boka lhe agarrou a mão.

– Não me deixe surdo – ele avisou. Depois, com toda a seriedade, perguntou ao loirinho: – Como tudo aconteceu?

– O *einstand*, você quer dizer?

– Sim. Quando e onde?

– Ontem à tarde no museu.

Por "museu" ele queria dizer a rua que circundava aquela instituição pública.

– Bem, então, que tal nos contar a história toda, exatamente como tudo aconteceu? Precisamos saber a verdade, se queremos fazer alguma coisa a respeito…

Nemecsek ficou animado com a ideia de ser o personagem principal em um incidente de grande importância. Raramente lhe cabia tal distinção. Para a maioria das pessoas, o pequeno Nemecsek era mero ar. Como o algarismo 1 na aritmética, nem multiplicava nem dividia as coisas. Ninguém nunca prestava muita atenção nele. Era um rapazinho insignificante, magro e de joelhos fracos. Provavelmente, era justo essa inferioridade que o tornava uma vítima ideal. Agora ele começava a contar sua história, e o restante dos meninos se aproximou para ouvir.

– Foi assim – ele disse. – Depois do almoço, nós fomos ao museu. Quero dizer, o Weisz, o Richter, o Kolnay, o Barabás e eu mesmo. Primeiro nós pensamos em ir jogar basquete na Rua Eszterhazy, mas a bola é dos meninos da Escola Real, e eles não emprestariam. Daí o Barabás sugeriu que fôssemos ao museu jogar bolinha de gude na parede. E todos nós jogamos os gudes na parede. Cada um teve a chance de rolar uma bolinha, e quem rolasse e sua bolinha batesse em outra já jogada, ficaria com todas. O jogo já tinha tido várias rodadas. Devia ter pelo menos umas quinze bolinhas na parede. E acho que duas eram de vidro límpido. De repente ouvimos o Richter gritar: "Agora acabou, lá vêm os Pásztor!". Os Pásztor estavam justamente dobrando a esquina, com as mãos nos bolsos e de cabeça baixa. Eles vinham tão devagar que todos nós ficamos com medo. Que diferença fazia que nós fôssemos cinco contra eles dois? Eles são tão fortes que podem bater em dez de nós. E, de todo jeito, nem adiantava contar que éramos cinco porque, num piscar de olhos, o Kolnay sempre dá no pé. E o Barabás, também. Seríamos só três, no melhor dos casos. Eu mesmo também decidi fugir. Daí restariam dois. Mas qual seria a vantagem se todos nós cinco tentássemos correr? Aqueles meninos Pásztor são os melhores corredores do museu. Iriam nos pegar num segundo. Então, como eu ia dizendo, eles continuavam chegando cada vez mais perto, encarando os gudes o tempo todo. Eu falei para o Kolnay: "Parece que eles estão de olho nas nossas bolinhas". O Weisz foi o mais inteligente de nós, porque tinha dito logo: "Eles estão vindo, ora, se estão. Tem cheiro de *einstand* no ar!". Honestamente, eu não achei que eles iam nos machucar, porque nós nunca mexemos com eles. Na verdade, no começo eles não fizeram mesmo nada conosco. Só assistiram ao jogo. Daí o Kolnay cochichou para mim: "Vamos parar agora", e eu respondi: "Acho que não, não depois de você ter jogado uma incolor! É minha vez. Se eu ganhar, nós paramos".

Enquanto isso, o Richter tinha de jogar, mas eu vi a mão dele tremer de medo. Ele ficou de olho nos Pásztor e, claro, errou. Mas os Pásztor nem se mexeram. Só ficaram ali parados, com as mãos nos bolsos. Daí eu joguei. Foi um strike. E eu ganhei todas as bolinhas. Eu estava indo lá recolher, deviam ser umas trinta no total. Bem nessa hora, um dos Pásztor pulou na minha frente. Era o mais novo, e ele gritou "*EINSTAND!*". Eu virei a cabeça e vi o Kolnay e o Barabás dando no pé. O Weisz, perto da parede, estava muito pálido. O Richter estava pensando no que fazer. Eu tentei argumentar com eles. Lembro que falei: "Desculpe, mas vocês não têm o direito de fazer isso". Nessa hora, o Pásztor mais velho já tinha quase acabado de pegar as bolinhas e enfiar no bolso. O mais novo agarrou a frente do meu casaco e gritou: "Você não me ouviu dizer '*EINSTAND*'?". Depois disso, é claro que eu não falei mais nada. O Weisz começou a berrar. O Kolnay e o Kende espiaram pelo canto do museu, para ver o que estava acontecendo. E os Pásztor pegaram todas as bolinhas. Daí, sem mais nem um pio, eles foram embora. E foi isso.

– Nunca se ouviu uma coisa dessas! – disse Geréb, indignado.

– É simplesmente um roubo flagrante!

Essa era a opinião de Csele. Csónakos soltou mais um assobio agudo para indicar que o ar estava carregado de pólvora. Boka se mantinha imóvel, refletindo profundamente. Todos o observavam, ansiosos para saber o que Boka teria a dizer sobre essas queixas, que pairavam no ar fazia meses, mas que Boka tinha se recusado de modo persiste a levar a sério. Mas agora a injustiça explícita, conforme relatada por Nemecsek, havia comovido Boka também. Tranquilamente, ele disse:

– Agora, penso que devemos ir comer. À tarde, vamos nos encontrar no *grund*. Teremos coisas a debater. Estou convencido, agora, de que esta é uma situação insustentável!

Essa declaração pareceu agradar a todos. Boka surgia sob uma luz muito simpática. Os meninos o olhavam com afeição. Vibravam diante de sua pequena cabeça graciosa e dos olhos pretos brilhantes que, no momento, estavam acesos com uma chama militante. Eles teriam gostado de dar um beijo em Boka por ele, finalmente, compartilhar de sua indignação.

Mais uma vez eles rumaram para casa. Havia alegria no tinido de um sino em algum lugar do distrito de Joseph, o sol brilhava ao máximo, e tudo parecia preenchido de contentamento. Esses meninos estavam no limiar de grandes façanhas. O desejo de fazer coisas queimava forte dentro deles; todos experimentavam a expectativa do movimento seguinte. Pois, uma vez que Boka declarara que algo precisava ser feito, algo certamente seria feito!

Seguindo sempre em frente eles percorreram a Avenida Üllöi. Csónakos e Nemecsek ficaram para trás. Quando Boka se virou para lhes dizer algo, ambos estavam parados junto a uma janela, no porão da fábrica de cigarros, coberta por uma camada grossa do fino pó de tabaco.

– Rapé! – gritou Csónakos impetuosamente, deu seu assobio poderoso e encheu o nariz com o pó amarelo.

Nemecsek, o macaquinho, riu com vontade. Ele também pôs a mão frágil no vidro e cheirou a ponta de um dedo. Entre espirros recorrentes, os dois percorreram a Rua Köztelek, deslumbrados com a descoberta. Csónakos quase explodia a cada espirro, forte feito o estrondo de um canhão. O rapazinho meramente bufava, como um porquinho-da-índia irritado. E assim eles fungavam e espirravam, riam e farreavam. Pois naquele momento o nível de sua felicidade era mesmo muito alto; eles se esqueceram até do que o próprio Boka, o calmo e sério Boka, havia declarado ser algo sem precedentes.

2

O *grund*... Vocês, meninos bonitos e fortes dos grandes espaços abertos, que só precisam dar um passo para fora da porta para estarem perto de campinas ilimitadas, sob um maravilhoso vasto dossel azul; vocês, cujos olhos se acostumaram a grandes distâncias; vocês, que não estão presos em apartamentos – vocês não podem nem imaginar o que um terreno baldio significa para uma criança criada na cidade. Para a criança de Budapeste, é seu campo aberto, sua pradaria, sua planície. Significa liberdade e ausência de fronteiras, esse pedaço de terra cercado de um lado por uma cerca raquítica e que nos fundos tem muros altos que se elevam ao céu. Agora, até este *grund* na Rua Paulo tem seus lamentáveis prédios de muitos andares, e nenhum dos moradores sabe que este pedaço de chão foi o parque de diversões de meninos de escola.

Na época desta história, o *grund* em si era vazio – o que é de esperar de um terreno baldio. A cerca corria na lateral que dava para a Rua Paulo. Duas construções altas margeavam a esquerda e a direita; e nos fundos... Sim, era a traseira que tornava o *grund* mais interessante, magnífico. Nesse ponto, deve-se comentar, ele se juntava a outro lote grande. Esse lote estava alugado para uma serraria e era cheio de madeira empilhada. Ali, montes de lenha formavam blocos simétricos, e entre esses blocos imensos corriam pequenas alamedas. Era um verdadeiro labirinto. Cerca de sessenta ruas estreitas se cruzando por entre as pilhas de madeira muda e escura. Não era nada fácil se orientar nessa confusão, mas quem conseguia se encontrava em uma pequena clareira, no meio da qual havia um galpão. Dentro dele ficava guardada a serra a vapor. O galpão era estranho, sinistro, totalmente coberto por vinhas silvestres. A delicada chaminé preta baforava através da folhagem verde; a intervalos constantes, e com a regularidade de um relógio, os vapores brancos eram expelidos. Em tais ocasiões, alguém que ouvisse ao longe poderia concluir que, em algum ponto no meio das pilhas de madeira, havia uma locomotiva se esforçando para começar a funcionar.

Ao redor do galpão se encontravam muitas carroças grandes e desajeitadas. De tanto em tanto, uma dessas carroças dava ré na direção do beiral, produzindo um rangido. Logo abaixo do beiral havia uma pequena janela, e para fora dela se estendia uma calha de madeira. Quando a carroça parava perto da janela, de repente começava a escorrer por essa calha uma massa de aparas de madeira, que quase soterravam a carroça. Assim que a carroça estava cheia até em cima, o cocheiro dava um grito. Com isso, a pequena chaminé parava de baforar, com o que o galpão ficava imediatamente silencioso e, ao comando do mestre, os cavalos partiam com a carga. Outra carroça – faminta e vazia – deslizava até a janelinha, a chaminé preta retomava seu vômito, e o derramamento de aparas de madeira era ouvido de novo. E isso prosseguia assim, ano após ano. Fosse quanto fosse a madeira serrada em pedacinhos dentro do galpão, era invariavelmente substituída por novas cargas trazidas pelas grandes carroças. Assim, o amplo pátio nunca ficava sem as pilhas de madeira, e a serra circular nunca parava de guinchar. Na frente do galpão havia umas amoreiras anêmicas. Ao pé de uma delas, um barraco grosseiro de tábuas. Nele morava o vigia noturno eslovaco, que era responsável por evitar possíveis roubos e incêndios no pátio.

Poderia existir alguma coisa mais perfeita que parque de diversões? Certamente nós, meninos da cidade, não desejávamos nada mais elaborado. Verdade seja dita, não conseguíamos imaginar nada melhor ou mais adequado para brincar de índio. O lote da Rua Paulo era um belo pedaço de terreno plano, e isso o tornava altamente desejável como substituto das pradarias americanas. A parte de trás, o depósito de madeira, era todo o resto: a cidade, a floresta, a região das Montanhas Rochosas, qualquer coisa que quiséssemos em determinado dia. E não fiquem com a impressão errada de que o pátio era um lugar desprotegido! No alto de certas pilhas maiores ficavam nossas fortalezas e cidadelas. Era função de Boka avaliar quais precisavam de reforço, de tempos em tempos. As fortalezas, porém, tinham sido construídas por Csónakos e Nemecsek. Havia fortalezas em meia dúzia de pontos e cada uma tinha o próprio capitão. Capitão, primeiro-tenente e segundo-tenente. Isso constituía o exército. Quanto aos soldados rasos – ah, havia só um. No terreno inteiro, no *grund*, todos os capitães e tenentes comandavam um solitário soldado. Esse único soldado fazia os exercícios por eles e era por eles submetido à corte marcial por toda e qualquer infração.

Nem é preciso dizer que esse único soldado não era outro senão Nemecsek – o loirinho Nemecsek. Os capitães e tenentes se saudavam alegremente no *grund*, com frequência cem vezes ao longo de uma tarde. Quase automaticamente, suas mãos subiam até os chapéus, acompanhadas de um jovial "Oi!" nos lábios.

Só o pobre do Nemecsek tinha de ficar constantemente em rígido alerta, e bater continência em silêncio. E todos que passavam por ele gritavam:

– Sentido!

– Juntar calcanhares!

– Estufar peito! Encolher barriga!

– Atenção!

– Descansar!

Nemecsek obedecia a cada comando com toda a felicidade. Há meninos que adoram cumprir ordens rudes. A maioria dos meninos, porém, prefere dar essas ordens. Assim é a natureza humana. É por isso que para todos que pertenciam ao *grund* era a coisa mais natural do mundo querer ser oficiais – quer dizer, todos exceto Nemecsek.

Às duas e meia daquela tarde, ainda não havia viva alma no *grund*. Sobre um cobertor de cavalo na frente do barraco estava o vigia noturno eslovaco, dormindo profundamente. Ele sempre dormia de dia, pois à noite precisava fazer a ronda entre as pilhas de madeira; com frequência ele também se sentava em uma das fortalezas e ficava olhando para a lua. A serra estava zumbindo e a pequena chaminé preta baforava suas nuvenzinhas de vapor, brancas como a neve, enquanto aparas de madeira eram despejadas na carroça.

Pouco depois das duas e meia, rangeram as dobradiças do portão da Rua Paulo, dando passagem para Nemecsek. Ele tirou do bolso uma grande fatia de pão, olhou ao redor e, depois de se convencer de que não havia mais ninguém, começou a mordiscar a crosta. Antes de fazer isso, porém, ele trancou cuidadosamente o portão; uma das normas mais rígidas do *grund* tornava trancar o portão uma obrigação imperativa a todos que entravam. A violação dessa regra era punida com confinamento solitário na masmorra da fortaleza. A disciplina militar era no geral muito severa.

Nemecsek se sentou em uma pedra, mastigou o pão e esperou que os outros chegassem. Era um dia carregado de grandes expectativas para os meninos do *grund*. Estava no ar, por assim dizer, que coisas grandiosas estavam à espreita, e não havia como negar o fato de que, naquele momento, Nemecsek se sentia muito orgulhoso por ser um membro do *grund*, do famoso grupo dos Meninos da Rua Paulo. Por algum tempo ele continuou mordiscando o pão; depois, um pouco entediado, foi perambular pelos montes de madeira. Serpenteando por ali, de repente encontrou o cachorro do vigia.

– Aqui, Hector! – ele chamou.

Mas Hector não demonstrou nenhuma propensão a retribuir a saudação amigável. Só o que ele se dignou a fazer foi balançar a cauda, o que nos círculos caninos tem aproximadamente o mesmo significado do toque ligeiro na aba do chapéu entre humanos, quando passam apressados. E com isso se afastou rapidamente, latindo com raiva. Nemecsek correu atrás dele. Hector parou junto a uma das pilhas de madeira e continuou a latir intensamente. A pilha era uma daquelas que abrigavam as fortalezas dos meninos. No alto dessa pilha havia uma cidadela feita de troncos; em um dos troncos havia uma vareta, na ponta da qual tremulava uma bandeirinha vermelha e verde. Hector pulava em volta da fortaleza e latia incessantemente.

– Qual é o problema? – perguntou o loirinho para o cachorro, pois havia entre ambos uma grande amizade, talvez pelo fato de Hector ser o único outro soldado raso do exército.

Nemecsek olhou para a fortaleza lá em cima. Não viu ninguém, mas teve certeza de que alguém estava subindo ali. E assim ele começou a escalar, com os pés apoiados nas toras salientes. Estava mais ou menos no meio do caminho quando escutou com toda a clareza alguém empurrando pedaços de madeira bem acima de sua cabeça. Seu coração começou a bater forte e ele de repente sentiu uma necessidade urgente de voltar. Mas, ao olhar para baixo, viu Hector, e isso renovou sua coragem.

– Não tenha medo, Nemecsek – ele disse para si mesmo, e cautelosamente continuou a escalada. A cada ponto de parada, sentia ser necessário reforçar a coragem. Muitas e muitas vezes ele disse:

– Não fique assustado, Nemecsek.

E assim chegou ao alto da pilha de madeira. Ali ele murmurou um "Não tenha medo, Nemecsek" final. Estava prestes a passar pela parede fina da fortaleza quando o pé que tinha levantado ficou suspenso no ar. Tão apavorado ele ficou que meramente exclamou:

– Jesus!

Em desabalada carreira, ele desceu pelos parapeitos. Chegando ao chão, seu coração golpeava furiosamente. Ele olhou para a fortaleza. E lá viu, ao lado da bandeira, com o pé direito apoiado no anteparo, Feri Áts

– o Terrível Feri Áts –, arqui-inimigo dos Meninos da Rua Paulo e líder da gangue rival. A blusa escarlate folgada tremulava ao vento. Havia um sorriso em seu rosto quando ele falou, tranquilamente:

– Não tenha medo, Nemecsek.

Mas Nemecsek *tinha* medo, tanto que fugiu correndo. O cachorro preto saiu em disparada atrás dele e juntos eles serpentearam pelo meio das pilhas de volta para o *grund*. Nas asas do vento viajou a zombaria de Feri Áts:

– Não tenha medo, Nemecsek.

Quando Nemecsek se arriscou a olhar para trás, a blusa carmesim de Áts não estava mais à vista. Além disso, a bandeira tinha desaparecido também. Feri Áts levara embora a faixa que a irmã de Csele havia costurado. Ele próprio tinha sumido entre as pilhas de madeira. Talvez tivesse ido embora pela Rua Maria, perto do galpão, ou poderia estar escondido em algum lugar com seus comparsas, os Pásztor.

A ideia de que os temíveis irmãos poderiam estar nas redondezas provocou um arrepio na nuca de Nemecsek. Ele, mais que todos os outros, conhecia muito bem o que significava encontrar aqueles dois. Quanto a Áts, aquele tinha sido o primeiro verdadeiro encontro. Nemecsek ficara muito assustado, mas, a bem da verdade, intrigado também. Áts era um jovem bonito e forte, de ombros largos e bronzeados; a blusa carmesim frouxa combinava esplendidamente com a cor de sua pele, dava-lhe uma aparência combativa. Havia algo de garibaldino[2] naquela blusa carmesim. De fato, todos os membros do grupo de Áts, conhecidos como Jardineiros Botânicos, vestiam blusas carmesins em homenagem à liderança de Feri Áts.

Quatro batidas ritmadas no portão do *grund* fizeram Nemecsek suspirar de alívio. Era o sinal oficial dos Meninos da Rua Paulo. Nemecsek correu até lá e abriu o portão trancado. Boka entrou, acompanhado de Csele e Geréb. Nemecsek mal conseguia conter o desejo de extravasar as notícias terríveis. Mas tinha ciência de sua posição no exército: a humildade que

---

[2] Giuseppe Garibaldi (1807-1882), herói da unificação italiana, usava camisas vermelhas. (N.T.)

ele, como soldado raso, devia aos seus superiores oficiais. Assim, assumiu posição de sentido e bateu continência rigidamente.

– Olá! – disseram os recém-chegados. – Quais as novidades?

Nemecsek agitou os braços e teria adorado contar tudo de um fôlego só.

– São péssimas! – ele gritou.

– O que foi?

– É terrível! Vocês não vão acreditar!

– Do que você está falando?

– O Terrível Feri Áts esteve aqui!

Agora o trio de recém-chegados ficou sério.

– Não é verdade! – disse Geréb, cético.

Nemecsek pôs a mão no peito e declarou solenemente:

– Juro por Deus.

– Pare de jurar – disse Boka em desaprovação, e para ser mais enfático gritou: – Sentido!

Nemecsek juntou os calcanhares. Boka se aproximou dele:

– Agora, então, conte exatamente o que você viu.

– Quando eu fui até as pilhas de madeira – começou Nemecsek –, escutei o Hector latir. Fui atrás dele e logo ouvi um barulho no alto, no meio da cidadela. Subi lá e vi o Feri Áts com aquela camisa vermelha dele.

– Quer dizer que ele subiu lá? Na *nossa* cidadela?

– Sim, senhor! – insistiu o loirinho, e quase jurou de novo. A mão já estava no peito, mas um olhar de censura de Boka rapidamente o fez baixá-la. E acrescentou: – Ele pegou a nossa bandeira.

– A bandeira? – Csele ofegava.

– Sim, senhor.

Todos os quatro correram até a pilha em questão. Nemecsek modestamente ficou atrás, em parte porque era soldado raso, em parte – talvez principalmente – porque não havia como saber se Feri Áts ainda estava ou não escondido entre as madeiras. Eles pararam na frente da fortaleza.

Com efeito, a bandeira tinha sumido; nem a haste estava lá. Todos ficaram muito agitados; só Boka manteve sua habitual presença de espírito.

– Diz para a sua irmã – ele pediu, virando-se para Csele – costurar outra bandeira para amanhã.

– Digo – respondeu Csele –, mas ela não tem mais tecido verde. Tem muito do vermelho, mas nem um pedaço do verde.

Boka não perdeu a cabeça. Calmamente, perguntou:

– E branco?

– Desse ela tem.

– Diga a ela para fazer com vermelho e branco. Essas serão nossas cores a partir de agora.

Todos concordaram. Geréb gritou:

– Soldado Nemecsek!

– Aqui!

– Para amanhã, você deverá corrigir as normas, para que disponham que daqui em diante nossas cores são o vermelho e o branco, não o vermelho e o verde.

– Sim, senhor!

Geréb lançou um gracioso "Descansar!" de condescendência para a figura rígida.

O camaradinha loiro "descansou" obedientemente. Todos escalaram a fortaleza e encontraram evidências conclusivas de que Feri Áts havia realmente partido a haste da bandeira, que ficava pregada na parede. O pedaço ainda preso pelo prego era um destroço bem melancólico.

Agora chegavam gritos do *grund*:

– Alô, alô! Olá!

Era a senha deles. Evidentemente, o resto do "exército" tinha chegado e estava agora à procura dos camaradas. Os gritos vinham de muitas gargantas juvenis:

– Alô, alô! Olá!

Csele cutucou Nemecsek.

– Soldado Nemecsek.

– Sim, senhor!

– Responda ao chamado!

– Sim, senhor!

Fazendo das mãos um megafone, Nemecsek elevou a vozinha infantil:

– Alô, alô! Olá!

E com isso eles desceram e se reuniram na clareira, onde foram recebidos por Csónakos, Weisz, Kende, Kolnay e uma porção de outros. Ao verem Boka, todos ficaram alerta, pois ele era o capitão.

– Oi, rapaziada – era seu cumprimento.

Kolnay deu um passo à frente do grupo e disse:

– Peço licença, senhor, para relatar que o portão não estava trancado quando chegamos. As normas exigem que ele esteja sempre trancado por dentro.

O capitão Boka lançou um olhar penetrante para seu séquito. Todos os demais olharam para Nemecsek. Este último levou a mão ao peito de novo, e estava prestes a jurar que não deixara o portão aberto, quando o capitão se pronunciou:

– Quem entrou por último?

O silêncio que se seguiu poderia significar que ninguém tinha sido o último a entrar. Mas só durou um momento. Porque agora a expressão de Nemecsek brilhava de alívio. Disse ele:

– Capitão, foi você, senhor, que entrou por último.

– Eu? – perguntou Boka.

– Sim, senhor.

Depois de refletir por um instante, Boka disse, com certa gravidade:

– Você tem razão. Eu me esqueci de trancar o portão. – E virando-se para Geréb: – Tenente, faça a gentileza de escrever meu nome no caderno preto por essa falha.

Do bolso Geréb tirou um pequeno caderno de capa preta, no qual anotou, em letras grandes, "János Boka". E, para não esquecer a que se referia o registro, acrescentou a palavra "portão". Aquilo agradou muitíssimo aos meninos. Boka era justo. A autopunição era um exemplo esplêndido de hombridade, dos quais pouco se ouvia falar até mesmo no curso de latim, apesar de essas aulas lidarem abundantemente com o caráter dos romanos. No entanto, Boka era humano. Tinha, também ele, suas fragilidades. Era verdade que havia determinado a inscrição do próprio nome no caderninho preto; mas imediatamente depois ele se voltou para Kolnay, que reportara a infração:

– Mas você não precisa estar sempre dedurando, tenente. Tenente Geréb, certifique-se de que Kolnay seja julgado por falar demais.

Mais uma vez o tenente Geréb tirou do bolso o caderno preto e anotou o nome de Kolnay. Nemecsek, atrás do grupo, ficou tão exultante com a ideia de que pela primeira vez seu nome não seria anotado que, em silêncio, deu alguns pulinhos. Pois devemos todos estar cientes de que o caderninho preto não continha virtualmente nada além do nome de Nemecsek. Todo mundo estava sempre delatando o pobre por qualquer coisa. E a corte marcial, que se reunia todos os sábados, sempre aprovava a sentença contra ele, e só ele. Era inevitável. Ele era o único soldado raso.

E agora viria a grandiosa conferência. Nos minutos seguintes, todos foram informados das grandes notícias, que Feri Áts, capitão dos camisas-vermelhas, tivera a ousadia de entrar no território deles, no próprio coração do *grund*, de invadir a cidadela e levar embora a bandeira. Todos consideraram isso uma afronta e rodearam Nemecsek, que, a cada vez que contava a sensacional história, embelezava os detalhes um pouco mais.

– E ele disse algo para você?

– Claro! – foi a orgulhosa resposta de Nemecsek.

– O quê?

– Ele gritou comigo.

– O que ele gritou?

– Ele gritou: "Você não está com medo, Nemecsek?".

Aqui, o loirinho engoliu em seco; estava ciente de não ter dito toda a verdade. De fato, era bem o contrário da verdade. Aquilo o fazia parecer muito corajoso, como se o próprio Feri Áts, ao perguntar "Você não está com medo, Nemecsek?", tivesse sido motivado pela admiração.

– E você não estava com medo?

– Claro que não. Eu fiquei parado ao pé da fortaleza. Daí ele escorregou para baixo pelo outro lado e desapareceu. Ele fugiu.

Geréb interrompeu:

– Isso não é verdade! Feri Áts nunca fugiu de ninguém!

– Você o está defendendo?

– Só estou falando isso – respondeu Geréb, em um tom mais moderado – porque não é provável que o Feri Áts tenha sentido medo do Nemecsek.

Isso provocou gargalhadas gerais. De fato, era improvável. Nemecsek ficou parado no meio do grupo, envergonhado, mas achou melhor só dar de ombros. Agora era Boka quem dava um passo à frente e se pronunciava:

– Nós precisamos fazer algo a respeito. Pretendemos eleger um novo presidente hoje, e aquele que escolhermos deverá ser todo-poderoso, alguém que seja cegamente obedecido em todas as suas ordens. Quem pode saber, tudo isso ainda pode levar à guerra, então com certeza precisamos de um líder capaz de planejar as coisas com antecedência, tal como na guerra de verdade. Soldado Nemecsek, avance. Sentido! Você cortará tantos pedaços de papel quantos são os membros aqui reunidos. Cada um escreverá em um pedaço sua escolha para presidente. Os papéis serão postos em um chapéu, e aquele que receber o maior número de votos será o nosso próximo presidente.

– Urra! – gritou o grupo inteiro.

Csónakos enfiou dois dedos na boca e assobiou como uma calíope[3]. Folhas de caderno foram rapidamente providenciadas e Weisz ofereceu um lápis. Mais ao fundo, dois dos meninos brigavam para ver qual chapéu

---

[3] Instrumento musical composto de tubos e apitos de locomotivas. Acionado por gás ou vapor, produz sons estridentes. (N.T.)

mereceria a honra. Eram Kolnay e Barabás, que normalmente estavam em desacordo; encontravam-se nesse momento na iminência de trocar sopapos. Kolnay defendeu que o chapéu de Barabás era ensebado demais para o efeito. Kende por sua vez retrucou que o chapéu de Kolnay era mais seboso ainda. Em resultado disso, um teste foi imediatamente levado a cabo. Com canivetes, eles começaram a raspar a gordura da faixa interna do chapéu um do outro. Mas foi tudo em vão. Pois nesse meio-tempo Csele ofereceu seu elegante chapéu preto para a nobre causa. Indubitavelmente, Csele superava todos eles quando se tratava de assuntos de chapelaria.

Para grande surpresa geral, porém, Nemecsek não começou a distribuir os papéis. Agora que por acaso estava no centro das atenções, pensou que a oportunidade era excelente. De pé em posição de sentido, segurando os papéis com os dedinhos sujos, ele disse:

– Capitão Boka, peço permissão para dizer, senhor, que não é justo eu ser o único soldado do grupo... Desde que formamos este grupo, todo mundo foi promovido, só eu continuo soldado raso, e todo mundo fica me dando ordens... Eu que tenho que fazer tudo, e... e...

Nesse ponto, o loirinho ficou pateticamente emocionado, e lágrimas abundantes começaram a escorrer por sua face delicada.

Com um gesto elegante, Csele disse:

– Vejam como chora. Vamos expulsá-lo.

Uma voz ao fundo:

– Chorão!

Todos explodiram em risadas. Isso tornou a amargura de Nemecsek completa. Seu pobre coraçãozinho estava repleto de angústia, e ele deu livre vazão às lágrimas. Chorava e soluçava:

– É só olharem... no caderninho preto... e ver se não é sempre... o meu nome que aparece... Todo mundo... me faz de cachorro...

Boka disse calmamente:

– Se você não parar de chorar, não poderá mais ser do grupo. Não queremos nada com fracotes.

A palavra "fracote" provocou o efeito desejado. Nemecsek, o pobre do Nemecsek, ficou totalmente apavorado e foi aos poucos parando de chorar. O capitão pousou gentilmente a mão em seu ombro:

– Se você se comportar e se destacar, poderá ser promovido em maio. Por enquanto, continuará sendo um soldado.

Isso obteve a aprovação geral, pois qual teria sido a utilidade de promover Nemecsek a oficial nesse dia? Não haveria ninguém para cumprir ordens. A voz aguda de Geréb se fez ouvir:

– Soldado Nemecsek, aponte este lápis.

O lápis de Weisz foi entregue a Nemecsek; a ponta tinha se quebrado ao bater contra bolas de gude em seu bolso. Obedientemente o soldado o apanhou e, em posição de sentido e com olhos e bochechas lavados em lágrimas, começou a afiar; e enquanto afiava, ainda choramingando e gemendo um pouco, como costuma ocorrer depois de um choro violento, transferiu para a ponta do Hardmuth nº 2 toda a dor e toda a amargura de seu coraçãozinho.

– Está... apontado, senhor.

Ele devolveu o lápis e soltou um longo suspiro. O suspiro significava também que, por ora, ele estava resignado a continuar sem promoção.

Os papéis foram distribuídos. Cada menino se recolheu a um canto, pois o que estava em jogo era uma questão importante, vital. Depois o soldado Nemecsek recolheu os votos e os pôs no chapéu de Csele. Quando o chapéu foi levado, Barabás cutucou Kolnay na costela e disse:

– É ensebado também.

Kolnay espiou para o interior e ambos se sentiram vingados. Pois se até o chapéu de Csele era engordurado, o mundo devia estar chegando ao fim.

Boka lia em voz alta os nomes nos papeizinhos e depois os entregava a Geréb, que estava a seu lado. Havia catorze votos. Enquanto os lia, um a um, todos soavam iguais – János Boka, János Boka, János Boka – até que, depois de alguns, ele leu "Derso Geréb". Os meninos se entreolharam. Sabiam que aquele era o voto do próprio Boka, que ele tinha votado em Geréb por pura educação. Depois veio mais uma série de votos para Boka. E de novo um para Geréb. O último foi outra vez para Geréb. Portanto Boka recebera onze votos, e Geréb, três. Geréb sorria, constrangido. Aquela era a primeira vez que sua rivalidade com Boka se tornava evidente no seio da organização. E os três votos eram absolutamente gratificantes. Mas dois dos três na verdade ofenderam Boka. Por um momento ele parou para se perguntar quem não gostaria dele, mas depois afastou o pensamento.

– Então vocês me reelegeram.

Novamente o grupo irrompeu em tumultuada celebração, e Csónakos novamente deu um de seus assobios ardidos. Os olhos de Nemecsek ainda estavam úmidos, mas também ele comemorou entusiasmadamente. Ele gostava muito de Boka.

O presidente então pediu que fizessem silêncio, pois ele tinha algo a dizer.

– Obrigado, rapaziada. Agora vamos aos negócios. Acho que está claro para todos nós que os camisas-vermelhas estão dispostos a capturar o nosso *grund* e as pilhas de madeira. Ontem, foram os irmãos Pásztor que pegaram as bolinhas de gude dos nossos meninos, hoje o Feri Áts foi visto circulando na nossa área e levou nossa bandeira. Mais cedo ou mais tarde, vão tentar nos expulsar por completo. Mas nós vamos defender este lugar até nosso último respiro.

Csónakos gritou:

– Três vivas para o *grund*!

Todos os chapéus foram lançados ao ar. Vozes enérgicas gritaram, arrebatadas: "Urra para o *grund*!".

Todos os olhares absorveram o belo lote espaçoso e os montes de madeira banhados pelo sol da tarde de primavera. Em seus olhos estavam refletidos o amor que sentiam por aquela faixa de terra e a determinação de lutar por ela, se necessário fosse. Era uma forma de patriotismo. O "Urra para o *grund*" deles soava como se estivessem gritando "Vida longa à nossa pátria". Todos os olhos brilhavam, os corações transbordavam de emoção.

Boka retomou:

– Mesmo antes que eles venham aqui, nós faremos uma visitinha ao Jardim Botânico!

Em qualquer outra circunstância, eles talvez tivessem recuado diante de uma proposta tão atrevida. Mas, nesse momento de entusiasmo, todos os corações se uniram em uma resposta vociferante: "Sim, faremos uma visitinha!".

Já que todos haviam gritado uma concordância animada, também Nemecsek gritou "Vamos lá!". Ele, pobre menino, estava fadado a ser sempre o último, carregando os casacos dos oficiais. Mas então uma voz cheia de vivacidade, vinda da pilha de madeiras, juntou-se à declaração. Todos se viraram na direção de onde saía a voz. Era o vigia, que estava parado ali, de cachimbo na boca, sorrindo. A seu lado estava Hector. Os meninos riram quando o eslovaco, em uma tentativa de imitá-los, atirou o chapéu para o alto e rugiu, com um forte sotaque estrangeiro:

– Famos lá!

Com isso, as deliberações oficiais chegaram ao fim. O próximo item na agenda era um jogo de bola. Alguém gritou, com toda a arrogância:

– Soldado Nemecsek, vá ao depósito buscar bola e taco!

E Nemecsek correu ao depósito, que ficava escondido sob um dos montes de madeira. Ele se arrastou lá para baixo e voltou com taco e bola. Perto desse mesmo monte estava o vigia, ao lado dele estavam Kende e Kolnay. Kende estava examinando o chapéu do velho amigo, em busca de pontos engordurados. Finalmente chegou-se a um acordo sobre o chapéu do eslovaco ser o mais ensebado de todos.

Boka foi até Geréb e disse:

– Vi que você recebeu três votos.

– Sim – respondeu Geréb, orgulhosamente, e lançou a Boka um olhar cortante.

3

Na tarde do dia seguinte, logo depois do ditado, os planos de guerra estavam traçados. Nesse momento eram mais de cinco da tarde, e as lâmpadas da rua estavam sendo acesas. Ao sair da escola, Boka disse aos meninos:

– Antes de os atacar, provaremos que somos tão corajosos quanto eles. Levarei junto dois dos nossos meninos mais destemidos. Iremos ao Jardim Botânico. Vamos invadir a ilha deles e pregar este aviso em uma das árvores.

Boka tirou do bolso uma folha de papel carmesim na qual estava escrito, em letras maiúsculas, apenas isto:

OS MENINOS DA RUA PAULO ESTIVERAM AQUI!

Os autores encararam o papel boquiabertos. Csónakos – que, embora não estivesse na aula de ditado, havia se juntado ao grupo movido pela mais pura curiosidade – comentou:

– Vocês deveriam escrever alguma coisa grosseira aí também.

Boka sacudiu a cabeça:

— Não devemos. Além do mais, não vamos fazer nada nem parecido com o que Feri Áts fez, ao levar embora a nossa bandeira. Nós meramente vamos mostrar que não temos medo deles, entrando bem no coração do território onde eles fazem as reuniões e guardam as armas. Este pedaço de papel vermelho é nosso cartão de visitas. Deixaremos lá.

Csele falou:

— Até onde eu sei, eles normalmente estão na ilha neste horário, brincando de pega-ladrão.

— Não importa. Feri Áts veio ao nosso terreno quando sabia que estaríamos aqui. Os que estiverem com medo não podem vir comigo.

Mas ninguém demonstrava estar com medo; na verdade, Nemecsek deu todos os sinais de estar cheio de bravura. Claro, tentava fazer por merecer uma promoção. Ele deu um passo à frente e orgulhosamente disse:

— Estou com você!

É bom registrar que, na frente da escola, não se exigia que os meninos ficassem em posição de sentido nem que batessem continência; as normas só se aplicavam ao *grund*. Fora de lá, não havia distinção de patentes. Csónakos também avançou:

— Eu também!

— Mas você precisa prometer não assobiar!

— Eu prometo. Só agora... Me deixem assobiar de novo, pela última vez!

— Está bem!

E assim Csónakos assobiou de um jeito que lhe aqueceu até o fundo do coração e fez muitos transeuntes se virar, espantados.

— Pronto — ele disse, alegremente. — Isso vai me bastar pelo dia todo.

Boka se voltou para Csele:

— Você não vem?

— Eu realmente não sei o que fazer — ele respondeu, triste. — Não posso ir junto porque preciso estar em casa às cinco e meia. Minha mãe fica de olho na lição de ditado. Tenho medo de que, se eu me atrasar hoje, ela nunca mais vai me deixar ir a lugar nenhum de novo.

A possibilidade o assustava. Aquilo seria o fim de tudo: o *grund*, sua primeira-tenência.

— Neste caso, é melhor você ficar. Levarei Csónakos e Nemecsek. Na escola, de manhã, contaremos tudo que tiver acontecido.

Eles trocaram apertos de mão. Um pensamento ocorreu a Boka:

— Diga, o Geréb estava no ditado, hoje?

— Não.

— Talvez ele esteja doente.

— Duvido muito. Nós fomos para casa juntos para o almoço. Não havia nada de errado com ele.

Boka estava incomodado com o comportamento de Geréb. Estava de fato desconfiando dele. No dia anterior, quando se despediram, ele tinha encarado Boka de um jeito muito esquisito, com tanta coisa não verbalizada no olhar. Geréb havia claramente revelado a percepção de que, enquanto Boka permanecesse no clube, ele próprio teria bem pouca chance de se destacar. Estava com ciúme de Boka. Era muito temperamental, muito desinteressado; tinha aversão pela natureza plácida, séria e sensata de Boka. Considerava-se muito superior a Boka.

— Bem, veremos — ponderou Boka, e partiu com os dois meninos.

Csónakos o acompanhava relativamente empertigado. Nemecsek estava animado e transbordante de alegria por ser um dos tão poucos a participar de uma aventura bastante promissora. Estava tão hilário que Boka se viu forçado a repreendê-lo.

— Pare com essa besteira, Nemecsek. Não pense que estamos indo para uma festa de arromba. Isto é uma excursão muito mais arriscada do que você imagina! Lembre-se dos irmãos Pásztor!

A simples menção daquele nome bastou para impedir já no nascedouro qualquer nova mostra de exuberância do loirinho. Feri Áts era terrível; dizia-se que tinha sido expulso da Escola Real. Era um menino de força imensa e incrivelmente atrevido. Ainda assim, havia em seus olhos algo de meigo e querido que era totalmente ausente dos olhos dos Pásztor. Os irmãos andavam com a cabeça baixa, uma carranca, um ar desafiador nos olhos. Eram bronzeados, meninos de pele escura que ninguém jamais vira rir. Não havia dúvida de que os irmãos Pásztor eram mesmo de dar medo. E os três rapazinhos desceram a rua em direção à ponta oposta daquela via interminável conhecida como Avenida Üllöi. Àquela altura, já estava bem escuro; a noite tinha chegado extraordinariamente cedo. Todas as lâmpadas da rua estavam acesas, e os meninos ficaram desconfortáveis com a escuridão prematura. Era seu costume brincar um pouco depois do almoço. Aquilo não era hora para estarem na rua, e sim para estarem em casa debruçados sobre os livros. Caminharam em silêncio e em cerca de quinze minutos chegaram ao Jardim Botânico. Árvores altas e esqueléticas, ainda com pouca folhagem, observavam-nos de trás de um muro de pedra. O vento zunia forte por entre as folhas novas, e no escuro o coração dos meninos bateu furiosamente quando o Jardim Botânico apareceu, com seus misteriosos portões trancados e sussurros soturnos. Nemecsek estava quase tocando a campainha.

– Não, pelo amor de Deus! – disse Boka. – Isso vai servir de alerta para eles! Talvez os encontremos no caminho... Seja como for, não é provável que abram o portão para nós!

– Mas como vamos entrar?

Boka lançou um olhar para o muro.

– Por ali.

– Pulando o muro?

– Sim, pulando.

– Aqui na Avenida Üllöi?

– Claro que não! Vamos dar a volta até a outra parte. O muro lá é bem mais baixo.

E assim eles viraram na rua escura em que uma cerca de madeira substituía o muro de pedra. Andaram ao longo da cerca, encostados a ela, procurando um local adequado para subir. Finalmente pararam em um ponto não iluminado pelas lâmpadas da rua. Do lado de dentro da cerca, bem perto das estacas, havia algumas acácias.

— Se formos por aqui — cochichou Boka —, será fácil escorregar pela acácia. E tem outra vantagem. Do alto da árvore também podemos ficar de olho no inimigo.

Isso obteve a aprovação dos outros dois, e em um instante eles deram início à missão. Csónakos se agachou e apoiou as mãos na cerca. Com cuidado, Boka subiu nos ombros dele e espiou do alto da cerca. O silêncio era profundo e nenhum deles se atreveu a dar um murmúrio. Depois de se convencer de que não havia ninguém por perto, Boka gesticulou com os braços, com o que Nemecsek cochichou para Csónakos:

— Levanta!

E Csónakos levantou Boka até a ponta da cerca. O presidente dos Meninos da Rua Paulo se ergueu até a última ripa, mas a estrutura podre começou a ranger e estalar.

— Pula! — cochichou Csónakos.

Mais alguns rangidos se fizeram ouvir, e depois um baque. Boka se viu bem no meio de uma horta. Nemecsek foi o seguinte a pular para o outro lado, seguido por Csónakos. Mas Csónakos primeiro escalou uma acácia; sendo um menino do campo, fez isso com toda a habilidade. Os outros dois, de pé lá embaixo, ficavam perguntando:

— Está vendo alguma coisa?

Com voz abafada ele respondia, do alto da árvore:

— Não muito. Está escuro demais.

— Está vendo a ilha?

— Estou.

— Alguém nela?

Atentamente, Csónakos se moveu para a direita e para a esquerda entre os galhos, tentando identificar sinais de vida nas proximidades da lagoa:

— Não consigo ver nada na ilha, por causa das árvores e dos arbustos... Mas na ponte...

Ele se calou. Trepando em um galho mais alto, ele continuou:

– Vejo tudo muito bem, agora. Tem duas pessoas na ponte.

Boka comentou baixinho:

– É ali que eles ficam. Esses aí na ponte são as sentinelas.

Então os galhos estalaram de novo; era Csónakos descendo. Os três ficaram mudos por um momento, refletindo sobre o passo seguinte. Logo se agacharam atrás de um arbusto, de modo que ficassem fora das vistas, e tiveram uma grave conversa sussurrada.

– Eu acho que seria melhor – disse Boka – se tentássemos chegar às velhas ruínas nos esgueirando pelos arbustos. Suponho que vocês dois conheçam a antiga fortaleza destruída erguida na colina aqui à direita.

Os outros concordaram com a cabeça.

– Conseguiremos se tivermos cuidado, se de um arbusto para o outro avançarmos agachados. Uma vez lá, um de nós vai subir na colina para ter uma ideia de como está o terreno. Se não houver ninguém, vamos simplesmente rastejar de barriga no chão. Aquele lado da colina leva direto para a lagoa. Lá vamos conseguir nos esconder no meio dos juncos, e então decidir o que fazer em seguida.

Dois pares de olhos encaravam os de Boka. Csónakos e Nemecsek consideraram cada uma das palavras dele tão sagrada quanto o Evangelho. Boka perguntou:

– Estão de acordo?

– Sim! – assentiram os outros dois.

– Muito bem, então, vamos indo. Avante e me sigam de perto. Eu sei o caminho para lá.

E Boka começou a se arrastar nas mãos e nos joelhos por entre as moitas baixas. Mal tinham os companheiros começado a segui-lo, quando um assobio foi ouvido ao longe.

– Fomos descobertos! – disse Nemecsek, e se levantou.

– Abaixa, abaixa! Barriga pra baixo! – ordenou Boka, e todos os três se esticaram de bruços, barrigas na grama.

Com a respiração suspensa, aguardaram os desdobramentos. Teriam mesmo sido descobertos? Mas não apareceu ninguém. O vento uivava nas árvores. Boka cochichou:

– Não foi nada.

Mas bem nessa hora outro assobio agudo cortou o ar. Outra vez eles aguardaram, mas ninguém apareceu. Nemecsek, tremendo aos pés de um arbusto, falou:

– Nós deveríamos olhar do alto da árvore.

– Tem razão. Csónakos, é melhor subir lá de novo!

Como um gato, Csónakos agilmente escalou até o alto da acácia.

– O que você está vendo?

– Pessoas se mexendo na ponte... Agora são quatro... Agora duas estão voltando para a ilha.

– Ah, então está tudo bem – disse Boka, relaxando. – Pode descer. Esses assobios significavam que os guardas estavam sendo dispensados.

Csónakos desceu da árvore e os três continuaram, de quatro, na direção da colina. Naquela hora da noite, o vasto e misterioso Jardim Botânico estava mergulhado no silêncio. Todos os visitantes haviam partido ao soar de uma campainha; tinham ficado apenas os mal-intencionados ou os que se preparavam para a guerra, como era o caso dos três jovens que, agora encolhidos feito bolas, avançavam de moita em moita. Tão importante lhes parecia sua missão que eles nem falavam entre si. A bem da verdade, também estavam com um pouco de medo. Era preciso ter muita coragem para tentar invadir a fortaleza bem protegida dos camisas-vermelhas, que ficava em uma ilha no centro de uma lagoa, principalmente porque a ponte de madeira, única via de acesso, estava fortemente vigiada. "Talvez pelos próprios irmãos Pásztor", pensou Nemecsek, lembrando-se das lindas bolinhas de gude coloridas, incluindo duas de vidro límpido. Sua ira cresceu quando ele pensou que o temível *einstand* tinha soado bem na hora em que era sua vez de jogar, e que ele poderia ter ganhado todos aqueles gudes fabulosos...

– Ai! – Nemecsek gritou de repente.

Os companheiros congelaram de medo.

– O que foi?

Nemecsek estava de joelhos, com um dedo enfiado bem fundo na boca.

– O que aconteceu?

Sem tirar o dedo da boca, Nemecsek respondeu:

– Eu pisei numas pedrinhas... Com a mão!

– Continua chupando, companheiro – disse Csónakos, mas teve a prudência de enrolar um lenço na própria mão.

E assim eles continuaram rastejando e se arrastando adiante, e logo chegaram à colina. Ali, em uma lateral, alguém construíra uma dessas falsas ruínas em miniatura que vemos nos jardins dos ricos, réplicas exatas de fortalezas antigas, cujas frestas são cheias de musgo artificial.

– Essas são as ruínas da fortaleza – explicou Boka. – Temos de tomar cuidado, pois me disseram que os camisas-vermelhas têm o costume de fazer excursões para este lugar também.

Csónakos precisou perguntar:

– Que tipo de fortaleza é esta? Ninguém nas aulas de História nunca falou nada sobre uma fortaleza no Jardim Botânico...

– Isto são só ruínas... Construídas apenas para serem ruínas.

Nemecsek interrompeu alegremente:

– Por que eles, aproveitando, já não construíram mesmo uma fortaleza? Daqui a quatrocentos anos, seria uma ruína de qualquer jeito...

– Você está todo engraçadinho, não é? – disse Boka, sarcástico. – Aposto que não vai achar tudo tão cômico quando encontrar os Pásztor.

E realmente o pequeno Nemecsek torceu o rosto ao ouvir isso. Ele era o tipo de menino que, se não fosse periodicamente relembrado, esquecia que havia perigo à frente.

Logo depois disso eles começaram a escalar, por entre arbustos mais antigos, na direção do alto da colina, as mãos se agarrando às pedras salientes da ruína. Dessa vez Csónakos assumiu a liderança. De repente, parou do jeito que estava, apoiado nas mãos e nos joelhos. Levantou o braço direito, virou a cabeça e disse, alarmado:

– Tem alguém perto.

Eles se abaixaram na grama alta, os corpos miúdos bem escondidos entre o mato alto e a vegetação rasteira. Só seus olhos brilhavam na escuridão. Estavam escutando.

– Csónakos, encosta o ouvido no chão – comandou Boka, cochichando. – É assim que os índios escutam. Fica mais fácil ouvir se alguém por acaso estiver andando nas proximidades.

Csónakos fez como Boka mandou. Ele se lançou ao chão e encontrou um ponto onde não havia grama; ali, baixou a orelha até a terra, mas logo se afastou.

– Estão vindo! – cochichou, apavorado.

Àquela altura era claramente audível, mesmo sem os métodos indígenas, que alguém estava correndo pelos arbustos. Esse misterioso alguém parecia estar indo diretamente na direção deles. Os meninos começaram a tremer e enterraram a cabeça na grama. Só Nemecsek choramingou, em vozinha baixa:

– Eu quero ir para casa!

Csónakos não perdeu o ânimo. Ele disse:

– Barriga no chão, rapazinho.

Porém, uma vez que até mesmo isso falhou em insuflar coragem em Nemecsek, Boka levantou a cabeça do chão e, com olhos raivosamente acesos, mas em um cochicho que não revelava a localização do trio, disse:

– Soldado Nemecsek, deite-se de bruços!

Tal ordem não admitia recusas. Nemecsek se achatou contra o chão. O misterioso alguém continuou a se aproximar, mas parecia ter mudado de direção. Boka se levantou de novo e esquadrinhou o entorno. Viu uma figura escura descendo a colina, espetando os arbustos com uma lança.

– Foi embora – disse Boka para os meninos colados ao mato. – Era o vigia.

– O vigia dos camisas-vermelhas?

– Não, o vigia do Jardim Botânico.

Suspiraram de alívio. Nenhum adulto os amedrontava, e um exemplo disso era o recente episódio envolvendo o veterano do Jardim do Museu, um velho com nariz sardento, que havia se aproximado deles. Retomaram a escalada. Mas isso pareceu chamar a atenção do vigia, que estancou e apurou os ouvidos.

– Fomos descobertos – gaguejou Nemecsek. Tanto ele quanto Csónakos olharam para Boka em busca de orientação.

– Para dentro da ruína! – veio a ordem cortante.

Os três desceram às pressas a colina que tanto trabalho tinham tido para subir. As ruínas tinham uma porção de janelinhas pontudas. Os meninos ficaram perplexos ao descobrir que a primeira delas estava fechada com barras de ferro. Avançando na ponta dos pés para a segunda, ficaram igualmente frustrados. Finalmente, chegaram a um lugar onde havia na parede uma fenda grande o bastante apenas para que eles entrassem. Prenderam a respiração enquanto rapidamente se arrastavam para dentro da pequena câmara escura. Logo depois, o vigia passou. Viram que ele estava se afastando daquela área rumo à própria casinha, na lateral da Avenida Üllöi.

– Graças a Deus – disse Csónakos – que isso passou.

Só então eles se sentiram suficientemente seguros para inspecionar o ambiente. Era um lugar úmido, bolorento, um pouco parecido com o calabouço de uma fortaleza de verdade. Perambulando pela câmara, Boka de repente parou. Havia tropeçado em alguma coisa. Ele se abaixou e pegou o objeto. Os companheiros se aproximaram e, à parca luz do sol poente, descobriram que o objeto era uma machadinha indígena. Era esculpida em madeira e revestida com uma chapa de estanho. Brilhava assustadoramente no escuro.

– É deles! – disse Nemecsek, espantado.

– Isso mesmo – respondeu Boka –, e, já que encontramos esta, deve haver outras por aqui.

Começaram a procurar por mais machadinhas e encontraram sete em um canto. Isso permitiu que eles adivinhassem que havia oito membros no grupo dos camisas-vermelhas. Aquele parecia ser o arsenal secreto do grupo. O primeiro impulso de Csónakos foi levar as machadinhas como butim de guerra.

– Não – disse Boka. – Não faremos nada desse tipo. Seria simplesmente roubar.

Csónakos ficou envergonhado.

– E agora, o que tem a dizer, rapazinho? – provocou Nemecsek, num arroubo súbito de audácia, mas rapidamente cedeu, quando Boka o cutucou dizendo:

– Não vamos perder tempo! Fora daqui, de volta para o alto da colina! Não quero chegar à ilha quando não houver mais ninguém ali.

A perspectiva ousada renovou o ânimo para a empreitada. Eles espalharam as machadinhas por todo lado na câmara, apenas para deixar claro que alguém estivera ali. Espremeram-se pela fenda e, com a coragem refeita, apressaram-se rumo ao alto da colina, de onde poderiam enxergar longe e amplamente. Lá em cima eles pararam, aproximaram-se uns dos outros e olharam ao redor. Boka tirou do bolso um pequeno pacote. Retirou o jornal que o envolvia, revelando um binóculo com haste de madrepérola.

– Este binóculo de ópera é da irmã do Csele – ele disse, e espiou através dele, embora a ilha fosse bem visível a olho nu.

Ao redor da ilha ficava a lagoa brilhante, na qual eram cultivadas várias espécies de plantas aquáticas e cujas margens eram escuras de carriço e junco. Nas profundezas da ilha, em meio às árvores, via-se um minúsculo ponto de luz, cuja descoberta deixou os meninos sérios.

– Eles estão lá – disse Csónakos em um cochicho rouco.

Nemecsek pareceu fascinado com a luz, pois exclamou:

– E eles ainda têm um lampião!

O ponto brilhante balançava por toda a ilha, sumindo e reaparecendo atrás de moitas e árvores. Alguém estava movendo o facho de luz de um lado a outro.

– Está me parecendo – disse Boka, que nem por um instante tirou os olhos do binóculo – que estão se preparando para alguma coisa. Ou para os exercícios noturnos... ou...

Ele se calou de repente.

– Bem? – insistiram os outros dois, ansiosos.

– Meu bom Deus – disse Boka, ainda olhando através das lentes –, o menino que está segurando o lampião... Ora essa, é...

– Fala! Quem é?

– Alguém bem conhecido... Eu só...

Ele deu um passo para cima para ter uma visão melhor, mas justo nesse momento a luz do lampião desapareceu atrás de um arbusto.

Boka baixou os binóculos.

– Sumiu – disse calmamente.

– Mas quem era?

– Não posso contar. Não consegui ver direito e, bem quando eu estava quase enxergando melhor, ele saiu de cena. Não quero levantar suspeitas sobre ninguém, até ter toda a certeza...

– Com certeza não era um dos nossos?

Havia tristeza na resposta do presidente:

– Eu acho que era.

– Ora, mas isso é traição! – gritou Csónakos, esquecendo-se por um momento da necessidade de discrição.

– Silêncio! Quando chegarmos lá, saberemos tudo. Por enquanto, você precisa ter paciência.

É claro que, agora, também a curiosidade os impulsionava. Boka se recusou a dizer quem a figura do lampião parecia ser. Eles tentaram adivinhar, mas Boka os proibiu, advertindo que não deveriam desconfiar de ninguém. Em grande agitação eles desceram a colina e retomaram o caminho pelo gramado, agachados em quatro apoios. Já não se incomodavam com os espinhos, urtigas e pedrinhas que lhes ralavam as mãos. Eles correram, chegando silenciosamente cada vez mais perto das misteriosas margens da lagoa.

Por fim, chegaram. Agora podiam ficar de pé, pois as moitas e o mato eram tão altos que seus pequenos corpos ficavam escondidos. Boka estava totalmente calmo, quando deu as ordens.

– Deve haver um barco a remo em algum lugar aqui perto. Nemecsek e eu vamos contornar pela direita, enquanto você, Csónakos, vai procurar o barco pela margem esquerda. Quem encontrar espera no local pelos outros.

E se separaram em silêncio. Mas mal tinham caminhado uns poucos passos quando Boka encontrou o barco no meio do junco.

– Vamos esperar aqui – ele cochichou.

Aguardaram que Csónakos contornasse a lagoa inteira e chegasse até eles. Enquanto isso, sentaram na margem e olharam as estrelas, de ouvidos apurados para possíveis fiapos de conversa que chegassem da ilha. Nemecsek estava decidido a fazer alguma coisa inteligente.

– Que tal se eu colocar o ouvido na terra?

– Esqueça seu ouvido – respondeu Boka. – De nada serviria, aqui na margem. Mas podemos captar coisas se nos aproximarmos da superfície da água. Vi pescadores no Danúbio conversando com toda a clareza no rio, inclinados na direção da água. Ela transporta a voz, especialmente bem à noite.

E assim eles se curvaram sobre a água, mas não conseguiram ouvir nada inteligível. Enquanto isso, Csónakos chegou, relatando com tristeza:

– Não tem barco em lugar nenhum.

– Não se preocupe, rapazinho – disse Nemecsek, consolando o amigo –, nós encontramos um.

Em seguida eles desceram a margem até o barco.

– Vamos entrar?

– Aqui não – respondeu Boka. – Primeiro vamos puxar o barco até a margem oposta à ponte, para estarmos bem longe caso eles nos vejam.

Vamos remar para o ponto mais afastado da ponte. Assim eles terão de correr um bocado, se quiserem nos perseguir.

Essa astúcia agradou muitíssimo aos outros dois. Enchia-os de coragem saber que o chefe era um camarada tão perspicaz. Então o chefe falou de novo:

– Quem tem um pedaço de corda?

Csónakos tinha. Seus bolsos carregavam literalmente tudo. Nenhuma lojinha tinha um suprimento melhor de todo tipo de coisa do que os bolsos de Csónakos. Ali você podia escolher um canivete, arame, bolinhas de gude, pregos, chaves, maçanetas de latão, trapos, cadernos, saca-rolhas e sabe Deus o que mais. Csónakos tirou um pedaço de corda, que Boka amarrou à argola de ferro na proa do barco. Dessa forma, começaram cautelosamente a rebocar o barco em direção ao lado oposto da ilha, ao mesmo tempo mantendo um olhar vigilante para sinais de vida na ilha. Ao chegar ao lugar onde planejavam embarcar na frágil geringonça, o som do assobio que já tinham escutado antes chegou a seus ouvidos. Mas dessa vez não os assustou. Eles sabiam que significava meramente a troca de guarda na ponte. O receio deles diminuía cada vez mais, conforme se sentiam envolvidos na batalha. Isso também se aplica a soldados de verdade em combates de verdade. Antes de encontrar o inimigo, eles geralmente recuam ao menor ruído. Mas, depois que o primeiro tiro passa acima de suas cabeças, eles reúnem coragem e dela com frequência se embriagam, esquecendo-se de que correm de cabeça em direção à morte.

Os meninos entraram no barco. Boka primeiro, seguido por Csónakos. Nemecsek hesitava de um lado a outro pela margem lamacenta.

– Vamos, rapazinho – disse Csónakos, como incentivo.

– Estou indo – disse Nemecsek, e no entusiasmo perdeu o equilíbrio.

Assustado, agarrou um talo fino de junco e, sem mais nem um pio, caiu na água. Afundou até o pescoço, mas não soltou um som. Rapidamente ficou de pé na lagoa rasa, um pobre coitado com água pingando das roupas e agarrando violentamente o caule absurdamente fino de junco. Csónakos não resistiu ao riso e soltou:

– Tomou uns goles, rapazinho?

– Eu não – retrucou o loirinho, com o rosto revelando pânico. Estava ensopado e coberto de lama ao entrar no barco, e lívido de susto.

– Não achei que tomaria banho hoje – comentou com calma.

Mas não havia tempo a perder. Boka e Csónakos pegaram os remos e impulsionaram o barco para longe da margem. Era uma embarcação pesada, que avançava preguiçosamente, agitando a lagoa tranquila na tentativa. Sem barulho, os remos entravam na água e saíam, e o silêncio era tal que eles claramente ouviram o som de dentes batendo – os do pequeno Nemecsek, que estava enrodilhado na proa do barco. Em poucos minutos o barco atracou. Os meninos saíram depressa e logo se esconderam atrás de uma moita.

– É isso – disse Boka, e começou a rastejar furtivamente ao longo da margem; os outros o seguiram.

– Esperem – disse o chefe, virando-se. – Não podemos deixar o barco para trás. Se eles encontrarem, ficaremos presos na ilha. Tem guardas na ponte, vocês sabem. Você, Csónakos, fique aqui com o barco. Se alguém o vir, ponha os dedos na boca e assobie pela sua vida. Nós voltaremos correndo, pularemos para dentro e você começará a remar com toda a força.

Csónakos recostou no barco e em segredo ficou exultante com a perspectiva de assobiar – daquele jeito que só ele sabia.

Boka e o pequeno amigo saíram para a margem. Sempre que as moitas eram altas, eles ficavam de pé, e assim seguiam. No momento estavam parados em uma dessas. Empurraram a folhagem para o lado e tiveram uma visão desobstruída do centro da ilha, onde havia uma clareira, com o temível exército dos camisas-vermelhas totalmente à vista. O coração de Nemecsek começou a bater forte. Ele chegou mais perto de Boka.

– Não tenha medo – disse o chefe.

No centro da clareira havia uma grande rocha; sobre ela, um lampião. Agachados ao redor do lampião estavam os camisas-vermelhas. Suas blusas eram mesmo vermelhas. Acocorados ao lado de Feri Áts estavam os dois irmãos Pásztor; ao lado do mais novo deles estava um menino que não vestia blusa vermelha de ginástica...

Boka sentiu um calafrio percorrer Nemecsek.

– Diz... – começou Nemecsek, mas as palavras ficaram presas na garganta. – Diz... Diz... – Então ele conseguiu acrescentar: – Você está vendo o que eu estou vendo?

– Sim – disse Boka, arrasado.

Era Geréb quem eles estavam vendo agachado ao lado dos camisas-vermelhas. Portanto Boka não se enganara em sua suposição anterior. Era Geréb que ele vira, do alto da colina, levando o lampião. Agora ele e Nemecsek observavam com atenção redobrada a tropa de blusas encarnadas. O lampião lançava uma sombra estranha nas faces morenas dos irmãos Pásztor e nas camisas vermelhas dos demais. Estavam todos em silêncio, só Geréb falava, em voz baixa. Ele devia estar relatando algo do máximo interesse de todos, pois estavam com as cabeças próximas e escutando atentamente. No profundo silêncio da noite, até os dois meninos da Rua Paulo ouviam as palavras de Geréb. Ele estava dizendo:

– Tem duas formas de entrar no *grund*... Uma entrada é pela Rua Paulo, mas essa não é muito fácil, porque as regras são que qualquer um que entre precisa trancar o portão atrás de si. A outra é pela Rua Maria. Ali o portão da serraria está sempre escancarado. De lá você consegue chegar ao *grund* se esgueirando pelas pilhas de madeira. A única dificuldade é que há fortalezas nas ruas entre as pilhas...

– Eu sei – interrompeu Feri Áts, com uma voz grave que provocou arrepios nos rapazes da Rua Paulo.

– Suponho que você saiba porque esteve lá – retomou Geréb. – E há guardas nas fortalezas, você sabe. Eles rapidamente dariam o sinal se vissem alguém andando no meio das pilhas. Eu acho melhor vocês não tentarem entrar por lá...

— Então era isso! Os camisas-vermelhas iam invadir o *grund*!

Geréb continuava falando:

— Talvez seja boa ideia combinar certas coisas, antes de vocês irem. Eu me comprometo a entrar por último no dia que vocês escolherem, e a deixar o portão aberto. Não vou trancar.

— Muito bem — disse Feri Áts. — De jeito nenhum eu gostaria de tomar o lugar quando não houvesse ninguém. Será uma guerra perfeitamente normal. Se eles conseguirem defender o *grund*, então muito bem. Do contrário, nós tomaremos conta e hastearemos nossa bandeira. Não estamos fazendo isso por cobiça, você bem sabe...

Um dos Pásztor completou:

— Estamos fazendo isso para ter nosso próprio campo de críquete. Não podemos jogar aqui, e na Rua Eszterhazy sempre precisamos brigar por um lugar... Precisamos ter um campo. É só isso.

Portanto, os motivos deles para a guerra eram exatamente os mesmos que levam soldados de verdade à luta. Os russos precisavam de espaço marítimo, então declararam guerra aos japoneses. Os camisas-vermelhas precisavam de um campo de críquete e, sem alternativa, decidiram conquistá-lo pela guerra.

— Bem, então está combinado — disse o chefe dos camisas-vermelhas — que você, Geréb, vai se esquecer de trancar o portão da Rua Paulo.

— Certíssimo! — Geréb respondeu.

Pobre do loirinho Nemecsek! Seu coração estava cheio de angústia agora. Lá estava ele, encharcado até os ossos, encarando os meninos em volta da fogueira, incluindo o traidor. Tão aguda era a dor em seu peito que, quando Geréb pronunciou a palavra "certíssimo", indicativa de sua disposição de trair o *grund*, ele explodiu em lágrimas. Pôs os braços ao redor do pescoço de Boka e, chorando baixinho, disse:

– Ah, chefe... Ah, chefe... Ah, chefe...

Boka se desvencilhou delicadamente, dizendo:

– Agora não é hora para lágrimas.

Mas havia um nó em sua garganta também. Havia algo de triste e desanimador no que Geréb estava fazendo.

Subitamente, ao comando de Feri Áts, os camisas-vermelhas se levantaram.

– Bem, agora nós vamos para casa – disse o chefe deles. – Estão com suas armas?

– Sim – responderam em uníssono, e pegaram as longas varas de madeira, em cujas pontas havia pequenas bandeiras vermelhas.

– Adiante! – comandou Feri Áts. – Entrem no mato e guardem as armas.

Lá foram eles, com Feri Áts à frente, penetrando mais fundo no terreno. Geréb foi junto. A pequena clareira ficou vazia, exceto pela rocha e pelo lampião queimando em cima. Passos se afastando foram ouvidos, conforme os camisas-vermelhas penetravam a escuridão para esconder suas varas.

Boka começou a se mover.

– Agora – ele cochichou para Nemecsek, e pôs a mão no bolso. De lá tirou a folha de papel vermelho, na qual tinha espetado uma tachinha. Afastando para o lado a folhagem atrás da qual estavam escondidos, ele disse ao companheiro loirinho: – Você espera aqui. Não se mexa!

E com isso saltou para a clareira onde, apenas um instante antes, os camisas-vermelhas estavam reunidos. Nemecsek o observou com a respiração suspensa. O primeiro movimento de Boka foi aproximar-se da grande árvore na borda da clareira. A folhagem exuberante da árvore cobria a ilha como um guarda-chuva imenso. Em menos de um segundo, Boka espetou o papel vermelho no tronco da árvore e, com a mesma agilidade, partiu na direção do lampião. Abrindo uma das lâminas, soprou a chama e apagou a vela. Por um momento, Nemecsek deixou de ver Boka. Seus olhos ainda nem haviam se acostumado à escuridão quando ele sentiu o braço de Boka no seu.

– Corra atrás de mim o mais rápido que puder! – Boka cochichou, e os dois saíram em disparada rumo à margem onde o barco tinha sido deixado. Csónakos os viu chegando e rapidamente saltou para dentro do barco e apoiou os remos na margem, de modo que estivesse pronto para partir a qualquer momento. Os dois meninos praticamente voaram para dentro do barco.

– Vamos – arfou Boka.

Csónakos achou difícil movimentar o barco, que tinha sido impulsionado tão depressa na chegada que havia praticamente deslizado para fora da água. Agora alguém precisava desembarcar, suspender a proa e empurrar o barco para a água. Mas já se ouviam vozes na clareira de novo. Os camisas-vermelhas haviam retornado do arsenal e encontraram o lampião apagado. Primeiro, pensaram que o vento tinha soprado a chama, mas Feri Áts descobriu que uma das lâminas de vidro estava aberta.

– Alguém esteve aqui! – ele berrou tão alto que até os meninos que lutavam com o barco ouviram.

Alguém rapidamente acendeu o lampião, e à luz dele viram o bilhete carmesim pregado na árvore: OS MENINOS DA RUA PAULO ESTIVERAM AQUI! Os camisas-vermelhas ficaram desorientados. Feri Áts gritou:

– Bem, se estiveram aqui, ainda devem estar por perto. Atrás deles!

Ele soltou um assobio alto e agudo. As sentinelas da ponte saíram correndo para informar que ninguém poderia ter chegado por ali.

– Vieram de barco – disse o caçula dos Pásztor.

E os três meninos, ainda lutando com o barco, ficaram aterrorizados ao som do penetrante "Atrás deles!".

Naquele mesmo segundo, Csónakos conseguiu empurrar o barco e pular para dentro. Os três pegaram nos remos e rumaram para a margem com toda a força. Ouviram ainda Feri Áts rugindo outras ordens:

– Wendauer, você sobe na árvore. Fique de olho neles! Os dois Pásztor vão cruzar a ponte e contornar as margens da lagoa!

Parecia que nosso trio da Rua Paulo estava fadado a ser totalmente cercado. Sentiam que suas remadas, ainda que muito rápidas, não conseguiriam vencer a habilidade dos pés voadores dos Pásztor. Não havia escapatória em nenhuma direção. Mesmo que eles tivessem a sorte de chegar a terra firme antes que os Pásztor os alcançassem, não poderiam contar que escapariam ao olhar vigilante de cima da árvore. Remando o mais depressa que podiam, viram Feri Áts, de lampião em punho, correndo para cima e para baixo na margem. Então escutaram o tropel estrondoso de passos: os Pásztor tinham acabado de cruzar a ponte... Mas a sorte estava com os meninos da Rua Paulo. No momento em que o vigia dos camisas-vermelhas acabou de escalar a árvore, o barco já tinha chegado à margem.

– O barco deles acabou de atracar! – gritou a voz na árvore.

E a voz estentórea do chefe rapidamente respondeu:

– Vão atrás deles! Todos vocês!

Mas os meninos da Rua Paulo agora corriam, meio sem fôlego.

– Não podem nos alcançar – disse Boka, enquanto corria. – São muitos, e nós, poucos!

Sempre em frente eles correram, sobre canteiros e pavimento, Boka na frente e os outros logo em seus calcanhares. Foram direto para a estufa de telhado de vidro.

– Entrem na estufa! – ofegou Boka, mergulhando pela portinha que levava ao interior da galeria.

Felizmente, a porta estava aberta. Entraram e rapidamente se esconderam atrás de uns ciprestes altos. Lá fora reinava o silêncio. Os perseguidores pareciam ter perdido seu rastro.

Os três meninos acharam por bem descansar um pouco. Observaram o interessante local, iluminado através do telhado e das paredes de vidro pela luz fraca que chegava da noite urbana. Era estranhamente fascinante. Os meninos estavam na ala esquerda. Além ficava o edifício central, e depois a ala direita. Ao longo de toda a extensão da estufa, em enormes tonéis de madeira verde, assomavam árvores imensas. Em caixotes retangulares havia mimosas e samambaias. Sob o domo do edifício central ficavam palmeiras altas, de folhas em leque, cercadas por uma verdadeira floresta tropical. Bem no coração dessa floresta havia um tanque de peixinhos dourados e um banco ao lado. Depois, magnólias, louros, laranjeiras e samambaias gigantes. Todos com um cheiro penetrante, enchendo o ar com um aroma de especiarias. E havia um gotejar constante nessa ampla câmara aquecida por vapor. Os meninos ouviam o baque dessas gotas caindo sobre as grande folhas carnudas. O farfalhar das folhas de palmeira evocava estranhas feras tropicais em suas mentes; os meninos imaginavam ver criaturas bestiais se movendo furtivamente entre os vasos daquela miniatura de selva quente e úmida. Mas no geral se sentiram seguros, e começaram a pensar sobre quanto tempo levaria até poderem sair dali.

– Só espero que não nos tranquem aqui – cochichou Nemecsek, que, exausto, se sentou sob uma palmeira; totalmente ensopado, estava adorando o calorzinho daquele lugar.

Boka o tranquilizou.

– Se não trancaram a estufa até agora, não é provável que tranquem depois.

E assim continuaram: sentados e ouvindo. Não havia um único ruído. Ninguém tinha tido a ideia de os procurar ali. Logo se levantaram e começaram a andar pelo meio das prateleiras altas que estavam repletas de pequenos arbustos, ervas aromáticas e grandes flores. Csónakos trombou com uma delas. Nemecsek, ansioso por ser útil, disse:

– Espere, vou conseguir um pouco de luz.

E, antes que Boka tivesse chance de impedir, Nemecsek acendeu um fósforo. A chama mal se acendeu, foi apagada por Boka, que derrubou o palito das mãos do loirinho.

– Mas que besta quadrada, você! – disse, com raiva. – Esqueceu que estamos em uma estufa? Ora, as paredes do lugar são feitas de vidro... Aposto que eles viram a luz!

Ficaram imóveis e apuraram os ouvidos. E Boka estava certo. Os camisas-vermelhas tinham reparado na chama do fósforo de Nemecsek, que por um instante iluminara toda a câmara de vidro. No minuto seguinte, os passos do inimigo foram ouvidos no caminho de cascalho. Os camisas-vermelhas também entraram pela porta da ala esquerda. Os meninos da Rua Paulo escutaram Feri Áts se transformar outra vez no senhor da guerra.

– Pásztor, vocês vão para a porta direita – ele gritou. – Szebenics, vigia a porta do meio, e eu vou ficar aqui!

Os meninos da Rua Paulo depressa encontraram seus esconderijos. Csónakos se achatou debaixo de uma prateleira. Argumentando que ele já estava encharcado mesmo, convenceram Nemecsek a entrar no tanque de peixes. O pobre do loirinho mergulhou na água até o pescoço, e escondeu a cabeça sob uma folha grande de samambaia. Boka mal teve tempo de dar um passo para trás da porta aberta.

Feri Áts e seu séquito marcharam para dentro. Ele segurava um lampião acima da cabeça. A luz do lampião incidia de modo a mostrar o rosto de quem o segurava, mas Áts não conseguia ver Boka atrás da porta. Boka deu uma olhada no chefe dos camisas-vermelhas. Só uma vez o tinha visto antes, no Jardim do Museu. Feri Áts impressionou Boka: era um rapaz decididamente belo, cujos olhos agora brilhavam pelo calor da batalha. Mas ele logo sumiu. Em companhia dos demais camisas-vermelhas, ele esquadrinhou o lugar; na ala direita, até espiaram debaixo das prateleiras. Nenhum pensou em procurar no tanque. Csónakos escapou por pouco. Um dos meninos estava prestes a olhar debaixo da prateleira que o estava protegendo, mas bem nesse momento Szebenics por acaso disse:

– Eles devem ter escapado pela porta direita...

E, como Szebenics partiu imediatamente naquela direção, seus entusiasmados amigos o seguiram. Galoparam para fora da estufa e vários baques surdos indicaram que eles não foram muito cuidadosos com os vasos de flores. Quando partiram, o silêncio reinou de novo. Csónakos rastejou para fora.

– Rapazinho, um pote caiu na minha cabeça. Estou todo sujo... – diligentemente, cuspiu a terra que entupia seu nariz e sua boca.

O seguinte a emergir, como se fosse um monstro aquático, foi Nemecsek. O pobrezinho estava de novo ensopado, e como era já seu costume, gemeu com voz queixosa:

– Eu vou passar a vida toda na água? O que eu sou, afinal? Um sapo?

Ele se sacudiu como um poodle molhado.

– Para de choramingar – disse Boka. – Vamos embora. Está mais que na hora de pôr um ponto final nesta noite...

Nemecsek suspirou:

– Ah, como eu adoraria já estar em casa – mas de repente se deu conta da recepção que o aguardava, diante das roupas molhadas, e modificou seu desejo. – Na verdade, eu não me importo muito com a hora de ir para casa!

Eles correram de volta na direção das acácias que haviam encontrado perto da cerca. Precisaram só de uns poucos minutos para chegar lá. Csónakos subiu na árvore de novo, mas antes de saltar para a cerca virou para trás e olhou para o Jardim Botânico. Em pânico, ele gritou:

– Aí vêm eles!

– Volta para a árvore! – comandou Boka.

Csónakos escalou a árvore e ajudou os companheiros a subirem. Foram tão alto quanto a segurança permitiu. Irritava-os que pudessem ser pegos bem quando estavam prestes a escapar.

Os camisas-vermelhas chegaram à árvore aprontando uma grande confusão. Os meninos da Rua Paulo ficaram sentados em silêncio, imóveis como três grandes pássaros rígidos, no meio da folhagem...

Szebenics, que na estufa já tinha posto a própria gangue no caminho errado, disse:

– Eu vi quando eles pularam a cerca!

Ele parecia ser o mais burro dos inimigos. E como, em geral, são os mais tolos que falam mais alto, era Szebenics quem fazia mais barulho. Os camisas-vermelhas, todos ginastas muito ágeis, rapidamente escalaram a cerca. Feri Áts foi o último a sair, e antes de subir na cerca soprou a chama do lampião. Para trepar na cerca, ele se apoiou na mesma acácia onde os meninos da Rua Paulo estavam se escondendo. Na verdade, algumas gotas gordas que pingavam de Nemecsek, como de um beiral precisando de reparos, caíram em sua nuca.

– Está chovendo – Feri Áts falou, secou a nuca e pulou para a rua.

– E lá vão eles! – soou o alarme na rua, quando eles começaram a correr; evidentemente, Szebenics tinha dado mancada outra vez.

– Se não fosse por esse Szebenics, nós teríamos caído nas garras deles há muito tempo...

Pela primeira vez eles se sentiram definitivamente fora do alcance dos camisas-vermelhas. Viram-nos perseguir rua acima dois meninos insuspeitos. Viram também os dois coitados sair correndo loucamente, diante dos ameaçadores camisas-vermelhas. Os gritos evaporaram ao longe, em uma alameda na direção do distrito de Josephtown.

Nosso trio de fugitivos subiu na cerca e suspirou de alívio ao sentir o calçamento sob seus pés de novo. Uma senhora vinha passando, seguida por outros pedestres. Os meninos sentiam uma sensação crescente de segurança. Estavam exaustos e famintos. No orfanato ali perto, cujas janelas brilhavam reconfortantemente na noite, soou a campainha do jantar.

Nemecsek tiritava.

– Vamos acelerar – ele pediu.

– Um momento – disse Boka. – Aqui estão uns trocados. É melhor você ir para casa de bonde.

Ele enfiou a mão no bolso e lá ela ficou. O presidente dos Meninos da Rua Paulo encontrou apenas três moedas e uma elegante caneta-tinteiro, que vazava alegremente. Ele pescou as três moedas tingidas e as entregou a Nemecsek.

– É tudo que eu tenho.

Csónakos também tinha, por acaso, duas moedas. A tudo isso foi acrescentado o centavo da sorte de Nemecsek, que ele guardava em uma caixinha.

Com um total de seis centavos, o trêmulo camaradinha tomou o bonde puxado por cavalo.

Boka parou por um instante. Seu coração ainda estava cheio da infâmia de Geréb. Ele ficou parado ali, triste e calado. Mas Csónakos nada sabia ainda sobre a traição de Geréb, de modo que estava bem alegre.

– Fica só olhando! – ele disse, e, quando Boka se virou para ver, ele enfiou dois dedos na boca e assobiou com toda a força; foi alto o suficiente para estourar os ouvidos. Depois ele olhou ao redor, muito contente, como se plenamente satisfeito com aquela única explosão.

– Eu estava guardando tudo para esta noite – ele disse, divertido. – Mas não consegui segurar mais!

Ele enlaçou o braço de Boka e, exaustos pelas experiências frenéticas, desceram a Avenida Üllöi...

4

O relógio da classe bateu a uma hora de novo, e os meninos recolheram os livros. O professor Racz fechou o livro e ficou de pé no tablado. Csengeyzinho, o primeiro da classe, levantou-se de um pulo e gentilmente ajudou o professor a vestir o casaco. Os meninos da Rua Paulo, de suas várias carteiras, trocaram olhares cheios de significado, à espera das instruções de Boka. Eles já sabiam que a assembleia daquela tarde no *grund* aconteceria às duas horas, pois o trio deveria apresentar um relatório de suas explorações no Jardim Botânico. O suficiente já havia vazado para garantir aos meninos que a excursão tinha sido um sucesso, e que o chefe dos Meninos da Rua Paulo retribuíra a provocação dos camisas-vermelhas à altura. Mas estavam todos curiosos para conhecer os detalhes, os destaques da perigosa aventura. Nem com um saca-rolhas teria sido possível extrair de Boka uma só palavra. Csónakos, por outro lado, tinha tagarelado um bocado e, que os céus o perdoem, inventado uma porção de mentiras. Ele insinuou que, nas ruínas do Jardim Botânico, eles haviam encontrado certos animais selvagens... Que Nemecsek quase se afogara no tanque... Que os camisas-vermelhas estavam sentados ao redor de uma fogueira assustadora... A história que contou era das mais atrapalhadas e omitia tudo o que era realmente importante. E ninguém conseguia ouvi-lo por muito tempo, porque ele quase ensurdecia os ouvintes com suas frequentes interrupções de assobio, que ele usava no lugar da pontuação.

Nemecsek, por outro lado, considerava o próprio papel tão vital que, muito gravemente, recaiu no mutismo. Caso pressionado, diria: "Eu não posso dizer nada" ou então "Pergunte ao chefe".

Os outros invejavam terrivelmente Nemecsek, que, embora fosse soldado, tivera o privilégio de participar com tanta proeminência de uma aventura magnífica. Todos os primeiros e segundos-tenentes sentiram que seu prestígio seria diminuído pelo daquele mero soldado raso. Além disso, muitos manifestaram a convicção de que o loirinho seria promovido muito em breve, o que os deixaria com o único outro soldado: Hector, o cachorro preto do vigia.

Mesmo antes que o professor Racz saísse da classe, Boka levantou dois dedos para informar aos meninos da Rua Paulo que a assembleia aconteceria às duas horas. Aqueles da turma que não eram membros da gangue sentiram um ciúme genuíno quando, ao sinal de Boka, todos os meninos da Rua Paulo bateram continência em reconhecimento às ordens do chefe.

A classe toda estava prestes a se dispersar quando algo inesperado ocorreu. O professor Racz subitamente parou nos degraus que levavam ao tablado.

– Esperem, todos vocês – ele disse.

Um profundo silêncio se seguiu.

Do bolso do casaco ele retirou um pedaço de papel, arrumou os óculos e começou a ler os seguintes nomes:

– Weisz!

– Presente – respondeu Weisz, assustado.

O professor continuou a chamar:

– Richter! Csele! Kolnay! Barabás! Leszik! Nemecsek!

Todos eles devidamente confirmaram presença. O professor guardou o papel e disse:

– Vocês não irão para casa agora, e sim vão me seguir até a sala dos professores. Há algo sobre o que quero conversar com vocês.

E com isso saiu da classe apressado, sem explicar o motivo do estranho convite.

Grande e ruidosa foi a comoção que se seguiu.

– Por que será que ele nos chamou?

– O que vai querer conosco?

– O que devemos dizer?

Tais eram as dúvidas ouvidas na confusão. E, uma vez que todos os chamados eram Meninos da Rua Paulo, eles se reuniram ao redor de Boka.

– Eu não faço a menor ideia do que se trata – disse o presidente. – Simplesmente façam o que mandaram. Vou esperar vocês no corredor.

E depois, virando-se para os outros:

– Creio que precisaremos adiar nossa assembleia até as três horas, devido a interferências imprevistas.

O corredor principal da escola estava transbordando de meninos. As outras classes também despejavam sua parcela. Tumulto, pressa e o som de passos dominavam o corredor de janelas altas em geral silencioso. Todos estavam com pressa.

– Qual é o problema? Vocês estão presos? – disse um rapazola dirigindo-se a um grupo abatido à espreita diante da sala dos professores.

– Eu não diria isso – Weisz respondeu, orgulhoso.

O menino se afastou, acompanhado pelo olhar invejoso dos outros...

Um minuto depois a porta se abriu e, por trás do painel de vidro, apareceu a figura alta e magra do professor Racz.

– Entrem, meninos – ele disse, e seguiu na frente.

A sala estava vazia. Os meninos se reuniram em volta de uma mesa verde comprida e ficaram em silêncio tumular. O último a entrar respeitosamente fechou a porta. O professor se sentou na cabeceira e olhou ao redor.

– Estão todos aqui?

– Sim, senhor.

O barulho de passos animados dos meninos a caminho de casa flutuava do pátio lá embaixo. O professor Racz mandou que fechassem a janela, depois do que o silêncio na sala recheada de livros se tornou agourento. Nessa atmosfera fúnebre, o professor disse:

– Entendo que vocês formaram uma espécie de clube. Fui informado de que se chama Clube da Massa ou algo assim. Quem me contou forneceu também uma lista dos membros. E os membros são vocês. Estou correto?

Ninguém respondeu. Todos baixaram a cabeça e fizeram silêncio para indicar confissão.

O professor retomou a acusação:

– Mas façamos isto na ordem apropriada. Em primeiro lugar, quero saber quem fundou o clube, porque vocês sabem que eu proíbo explicitamente a formação de qualquer tipo de clube. Agora, portanto, quem foi?

O silêncio continuou. Depois, uma vozinha:

– Foi o Weisz!

O professor olhou severamente para Weisz:

– Weisz! Você não consegue falar por si mesmo?

– Consigo sim, senhor.

– Então por que não falou?

O pobre Weisz não sabia o que dizer. O professor Racz acendeu um charuto e lançou baforadas de fumaça no ar.

– Muito bem. Prossigamos – ele disse. – Suponhamos que vocês comecem me contando que massa é essa.

Em resposta, Weisz tirou do bolso uma grande bola, e a depositou na mesa. Por um momento ele a observou e depois, em uma voz mal audível, declarou:

– A massa é essa.

– E o que seria isso? – inquiriu o professor.

– É um tipo de pasta usada por vidraceiros para prender os painéis de vidro das janelas. O vidraceiro aplica isso e nós raspamos com as unhas.

– E vocês rasparam isso juntos?

– Não, senhor. Esta é propriedade do clube.

O professor arregalou os olhos:

– O que significa isso?

Weisz ficou um pouco mais corajoso, ao explicar:

– Isso, senhor, veja bem, foi coletado por todos os membros, e o conselho executivo me nomeou guardião oficial. Antes estava a cargo do Kolnay, que era também o tesoureiro. Mas ele deixou secar. Nunca mastigava a massa.

– É isso o que fazem?

– Sim, senhor. Do contrário fica dura e não podemos mais modelar. Eu costumava mastigar todos os dias.

– Por que você?

– Porque as regras determinam que o presidente tem de mastigar a massa do clube no mínimo uma vez por dia, para evitar que resseque...

Aqui Weisz irrompeu em choro. Ainda gemendo, ele acrescentou:

– E eu sou o presidente agora...

A atmosfera estava tensa. O professor disse, severo:

– Onde vocês conseguiram o suficiente para esta bola tão grande?

Mais silêncio. O professor olhou para Kolnay:

– Kolnay, onde você conseguiu?

Kolnay praticamente cuspiu a resposta, como se ansioso por resolver a questão por meio de uma confissão franca:

– Veja, senhor, já faz um mês que temos isto. Eu fiz a mastigação por uma semana, mas na época era menor. O primeiro pedaço quem conseguiu foi o Weisz. Foi quando organizamos o clube. Um dia ele foi de carona com o pai e raspou a massa das janelas da carruagem. Os dedos dele até sangraram. Pouco depois, a janela do auditório quebrou e eu fui lá e esperei a tarde toda pela chegada do vidraceiro. Conversei com ele, pedi um pouco de massa, mas ele não respondeu. Não conseguia falar porque estava com o bico cheio da pasta.

O professor ficou chocado e franziu as sobrancelhas.

– Mas que tipo de conversa é esta? Apenas aves possuem bicos!

– Bem, então a boca dele estava cheia. Ele estava mascando também. Então pedi que ele me deixasse observar enquanto consertava a janela. Ele piscou e disse que por ele tudo bem. Assim, eu observei até que ele terminou o serviço e foi embora. Depois que ele tinha ido, eu raspei a massa e levei. Mas não estava roubando para mim mesmo... Era para o clube... Para o clu-uuu-uuube...

Ele também estava chorando.

– Não chore – disse o professor Racz.

Weisz remexia as lapelas do casaco e, no meio do constrangimento, achou necessário comentar:

– Ele choraminga por qualquer coisinha...

Mas Kolnay continuou a chorar de um modo que partia o coração. Weisz cochichou para ele:

– Para de chorar! – e começou, ele mesmo, a chorar também.

Toda aquela choradeira comoveu o professor. Ele baforou o charuto, desconfortável. Agora era Csele, o almofadinha do Csele, quem dava um passo à frente do batalhão e andava na direção do professor. Estava decidido a se mostrar um romano tão firme quanto Boka tinha sido, no *grund*, alguns dias antes. Falou, resoluto:

– Senhor, eu também trouxe massa para o clube.

Orgulhosamente, sustentou o olhar do professor. Este se arriscou a perguntar àquele:

– De onde?

– De casa – Csele respondeu. – Eu quebrei a banheira do passarinho. A mamãe tinha mandado consertar e eu raspei a massa logo depois. É claro que toda a água vazou quando o canário estava tomando banho. Mas por que esses passarinhos deveriam tomar banho? Veja os pardais. Eles nunca se lavam, mas nunca estão sujos.

O professor Racz se inclinou na cadeira. Agourentamente, ele disse:

– Você está por demais irreverente hoje, mas eu darei um jeito nisso! Kolnay, retome de onde parou!

Kolnay ainda estava gemendo e fungando. Ele enxugou o nariz:
— O que eu devo continuar?
— De onde veio o restante da massa?
— Ora, o Csele acabou de lhe contar... E o clube uma vez me deu sessenta moedas para comprar um pouco.
Isso não agradou nem um pouco ao senso de humor do professor.
— Então vocês conseguiram um pouco em troca de dinheiro, é?
— Não, senhor — disse Kolnay. — O meu pai é médico e toda manhã vai de carruagem visitar os pacientes. Um dia ele me levou junto e eu raspei a massa das janelas do táxi. Era uma massa bem macia. O clube decidiu me dar seis moedas de dez centavos para dar outra volta no mesmo táxi. Fiz isso naquela mesma tarde. Cheguei até o limite da cidade e tirei toda a massa das quatro janelas... Depois voltei para casa andando.
O professor pareceu se lembrar do incidente.
— Deve ter sido naquele dia em que o encontrei perto da Academia Ludovican de Treinamento de Oficiais.
— Sim, senhor.
— Eu falei com você, mas você não me respondeu.
Kolnay baixou a cabeça e pesarosamente explicou:
— Eu não consegui... Estava com a fuça cheia de massa.
Outra vez eles se inflamaram. Kolnay começou a chorar de novo, Weisz ficou agitado, puxando as pontas do casaco, e aturdido repetia:
— Ele sempre choraminga. — Ele próprio estava igualmente choroso.
O professor se levantou e começou a andar pela sala. Abanando a cabeça, disse:
— Que clubinho adorável. E quem era o presidente?
— Eu.
— Quem era o tesoureiro?
— O Kolnay.
— Entregue todo o dinheiro que resta.

— Aqui está, senhor – disse Kolnay, enfiando a mão em um bolso tão grande quanto o de Csónakos.

Depois de revirar e remexer lá dentro, ele depositou na mesa tudo que o bolso continha. Em primeiro lugar, um florim húngaro e quarenta e três *krajcár*. Depois vieram dois selos postais de cinco centavos, um cartão-postal ainda sem selo, dois selos fiscais, oito bicos novos para canetas-tinteiro e uma bolinha de gude colorida. O professor contou o dinheiro e seu semblante se fechou.

— De onde veio este dinheiro?

— Das mensalidades. Nós pagamos dez centavos por semana.

— E para que é este dinheiro?

— Só para termos. O Weisz abriu mão do salário de presidente.

— E de quanto seria?

— Cinco centavos por semana. Eu consegui os selos; Barabás, o cartão-postal; e o Richter, os selos fiscais. O pai dele é…

O professor interrompeu:

— Ele os roubou, não foi? Richter!

Richter deu um passo à frente, com os olhos baixos.

— Você os roubou?

Richter assentiu. O professor Racz balançou a cabeça.

— Que depravação! O que o seu pai faz?

— Ele é o doutor Ernó Richter, advogado e tabelião. Mas o clube acertou as coisas.

— O que quer dizer?

— Foi assim. Eu roubei os selos fiscais do papai e, porque fiquei com medo, o clube me deu uma coroa para comprar outro selo, que eu enfiei às escondidas na mesa do papai. Mas ele me pegou no pulo, não quando eu estava roubando, mas quando estava devolvendo… Daí… Eu levei uns cascudos…

Diante do olhar severo do professor, Richter se corrigiu:

– Ele me bateu e me deu um tapa no rosto porque eu devolvi, e perguntou onde eu tinha conseguido aquilo, mas eu não quis contar. Daí foi quando eu levei mais uns tabefes. Daí eu falei que o Kolnay tinha me dado e ele disse: "Pois devolva imediatamente, pois ele também deve ter roubado de algum lugar". Daí eu dei de volta para o Kolnay. E é por isso que o clube agora tem dois selos fiscais.

Isso pôs o professor Racz para pensar.

– Mas por que você comprou um selo novo, quando poderia ter devolvido o velho?

– Não, senhor, não poderíamos, porque o velho já tinha sido marcado no verso com o carimbo do clube.

– Então vocês têm um carimbo, também? Onde está?

– O Barabás é o guardião do carimbo.

Agora era a vez de Barabás de dar um passo à frente. Ele lançou olhares mortais para Kolnay, com quem estava sempre se desentendendo. Tinha lembranças vívidas do caso do chapéu ensebado no *grund*... mas não viu escapatória, então depositou em silêncio o carimbo de borracha na mesa professoral verde; e também a almofada de tinta com tampa de estanho. O professor examinou o carimbo. Entalhadas estavam as palavras "Clube dos Colecionadores de Massa, Budapeste. Fundado em 1889".

O professor Racz conteve uma risada e abanou a cabeça de novo. Encorajado por essa atitude, Barabás esticou o braço para pegar de volta o carimbo de borracha. Mas o professor interceptou sua mão.

– O que pretende?

– Senhor, eu jurei defender o carimbo com a minha própria vida, antes de abrir mão dele.

O professor jogou o carimbo no próprio bolso.

– Silêncio!

Mas Barabás não seria silenciado.

– Neste caso – ele disse –, é melhor o senhor também tirar a bandeira do Csele.

– Então há também uma bandeira? Pois ficarei com ela – disse o professor virando-se para Csele, que, diante disso, enfiou a mão no bolso e de lá tirou uma bandeirinha presa a um pedaço de arame. Assim como a bandeira do *grund*, também aquela tinha sido feita pela irmã dele. Mas essa era vermelha, branca e verde e trazia o lema "Clube dos Colecionadores de Massa, Budapeste. Fundado em 1889. Juramos solemente ser livres para sempre".

– Hum! – fez o professor. – E de quem foi a brilhante ideia de escrever "solenemente" sem o "ne"? De quem?

Ninguém respondeu. O professor Racz estrondeou a pergunta mais uma vez:

– Quem fez isto?

Csele rapidamente pensou em uma saída. Ele refletiu: por que haveria de colocar os amigos em encrenca? Sim, tinha sido Barabás quem escrevera a palavra com erro, mas por que fazer o pobre sofrer? Assim, respondeu, corajosamente:

– Foi minha irmã, senhor.

Ele engoliu em seco depois disso. Pode não ter sido muito justo de sua parte, mas tinha ajudado a tirar os amigos de um aperto... O professor nada comentou. E agora os meninos tinham ficado confusamente comunicativos:

– Eu não acho nem um pouco justo que Barabás tenha falado sobre a bandeira – comentou Kolnay, bravo.

Barabás, alegando inocência, disse:

– Ele está sempre pegando no meu pé! Depois que o carimbo foi tirado de mim, o clube já estava acabado, de qualquer jeito.

– Silêncio! – o professor Racz pôs um fim à discussão. – Eu vou resolver isso, meninos. Declaro o clube oficialmente dissolvido, e que eu não ouça sobre alguém mexendo com isso de novo. Fiquem descansados, que seus depoimentos serão devidamente levados em conta nas suas notas. E Weisz levará a pior, por ter sido o líder.

– Com licença, senhor – arriscou-se Weisz –, mas este era meu último dia como presidente do clube. Nossa assembleia geral, agendada para hoje, planejava eleger outra pessoa para este mês.

– Sim, o Kolnay que foi nomeado – disse Barabás, sorrindo.

– Isto dá no mesmo para mim – respondeu o professor. – Amanhã todos vocês ficarão aqui até as catorze horas. Porei um ponto final a essas travessuras. E agora vocês podem sair!

– Bom dia, senhor! – disseram os meninos em coro, e se prepararam para partir. Weisz, aproveitando a confusão, tentou pegar a bola de massa. Mas o professor viu.

– Tire as mãos daí!

Weisz baixou os olhos.

– O senhor não vai nos devolver?

– Não! Além disso, aqueles de vocês que ainda tiverem pasta devem me entregar. Serei bastante severo com qualquer um que esteja de posse até da menor quantidade de massa de vidraceiro.

Ao ouvir isso, Leszik, que estivera mudo como uma carpa, deu um passo adiante. Da boca, retirou um pedaço de massa; com o coração pesado e dedos encardidos, depositou a bola de massa do clube sobre a mesa.

– Tem mais?

À guisa de resposta, Leszik escancarou a boca. Estava vazia. O professor pegou o chapéu:

– E nunca mais se atrevam a fundar um clube outra vez. Agora saiam e vão para casa!

Os meninos se retiraram em silêncio; apenas um falou:

– Tenha um bom dia, senhor – falou Leszik baixinho, pois sua boca estava cheia, quando os outros se despediram.

O professor saiu e o clube da massa dissolvido ficou a sós. Os meninos se entreolharam, patéticos. Kolnay estava contando a Boka o que acontecera. Boka suspirou de alívio.

– Eu estava com tanto receio – ele disse –, porque pensei que alguém tivesse dado com a língua nos dentes sobre o *grund*...

Ao mesmo tempo, Nemecsek se adiantou e cochichou:

– Olhem... Enquanto ele estava questionando vocês... Eu fiquei perto da janela... Era uma nova... E...

Ele estendeu um pedaço fresco de massa de vidraceiro, que tinha raspado da janela. Todos olharam para ele espantados. Os olhos de Weisz se acenderam:

– Ora essa, já que temos massa de novo, então temos também um clube! Faremos nossa assembleia no *grund* conforme planejado.

– Sim, no *grund*! No *grund*! – gritaram os outros, e todos saíram correndo para casa. Os degraus ecoaram a senha dos Meninos da Rua Paulo:

– Alô, alô! Olá!

E lá foram eles portão afora. Somente Boka caminhou devagar. Não estava em um estado de espírito alegre. Sua mente estava girando com pensamentos sobre Geréb, o traidor, que carregava um lampião na ilha do Jardim Botânico. Imerso nessa recordação perturbadora, Boka foi para casa, almoçou e se debruçou sobre a lição de latim para o dia seguinte...

Só Deus sabe como, mas às duas e meia todos os membros do Clube da Massa estavam no *grund*. Barabás foi direto de casa; ainda estava mastigando um pedaço de casca de pão. Esperou por Kolnay no portão, de modo que pudesse lhe dar um tabefe bem dado na cabeça. Ele tinha muitas contas para acertar com Kolnay.

Depois que todos estavam reunidos, Weisz liderou o grupo por entre as pilhas de madeira.

– Declaro aberta a sessão – ele disse, gravemente.

Kolnay, que àquela altura já tinha revidado o piparote na cabeça de Barabás, era da opinião de que, independentemente da determinação do professor, o clube deveria continuar a existir.

Barabás se sentiu compelido a verbalizar certas suspeitas:

– Ele é a favor porque é sua vez de ser o presidente. Eu digo que chega de Clube da Massa. Vocês, companheiros, tornam-se presidentes um após o outro, enquanto nós continuamos a mastigar a massa em vão. Tenho nojo disso. Será que nunca terei nada na boca, além dessa pasta?

Nemecsek também sentiu urgência em falar:

– Posso ter a palavra? – ele perguntou, dirigindo-se ao presidente.

– Nosso secretário pediu a palavra – disse Weisz com seriedade mortal, depois de fazer soar um sininho de dois centavos.

Mas as palavras de Nemecsek ficaram presas na garganta. Pois bem nessa hora ele viu Geréb espreitando no meio dos montes de madeira. Ninguém dos presentes sabia sobre Geréb o que ele sabia, aquilo que tinha sido seu privilégio testemunhar ao lado de Boka naquela noite extraordinária. Geréb estava furtivamente se dirigindo ao barraco do vigia esloveno. Nemecsek sentiu que era seu dever incontornável ficar de olho no traidor, observar cada um de seus passos. Boka dissera que, até que ele chegasse, Geréb não deveria saber que tinha sido visto sentado com os camisas-vermelhas na ilha. Ele que continuasse pensando que estava enganando todo mundo.

Mas agora ele estava ali, movendo-se furtivamente. Nemecsek precisava saber, a qualquer custo, exatamente por que Geréb ia ver o vigia. De forma que disse, em voz alta:

– Obrigado, senhor presidente, mas prefiro fazer meu discurso em algum momento mais tarde. Acabo de me lembrar de algo que preciso fazer.

Weisz sacudiu o sininho de novo:

– Nosso secretário deseja adiar seu discurso.

Mas o secretário já tinha partido. Ele correu, não atrás de Geréb mas adiante dele. Cortou caminho pelo terreno baldio e saiu na Rua Paulo. Ali, virou para a Rua Maria e correu, como se pela própria vida, na direção da entrada da serraria. Quase foi atropelado por uma carroça enorme, já carregada, que por acaso estava saindo do pátio. A pequena chaminé soltava suas baforadas, arrotando vapores brancos. A serraria dentro do galpão guinchava de agonia, como se dissesse:

– Cuidaaado! Cuidaaado!

– Pode apostar que estou tomando cuidado – retrucou Nemecsek de volta, enquanto passava a toda velocidade rumo aos montes de madeira e parava exatamente atrás do barraco do vigia. O telhado do barraco era do tipo inclinado, e as bordas chegavam até a madeira empilhada atrás. Nemecsek subiu na pilha de madeira e se deitou de bruços. Espiava de esguelha, aguardando os desdobramentos. O que Geréb estava querendo? Seria aquilo um movimento estratégico dos camisas-vermelhas? Nemecsek estava decidido a ouvir a conversa, fosse como fosse. Que glória aquilo traria a ele! Ficaria tão orgulhoso por ter exposto aquela mais recente traição!

Passado algum tempo, ele viu Geréb se aproximando cautelosamente, olhando para trás a todo momento, por medo de estar sendo seguido. Só depois de se sentir seguro sobre não haver ninguém em seu encalço foi que ele acelerou o passo. O vigia estava calmamente sentado no banco em frente ao barraco, fumando em um cachimbo as guimbas de charuto que os meninos costumavam levar para ele. Todo mundo coletava pontas de charuto para Janó.

De repente o cachorro pulou, latiu uma ou duas vezes e, farejando que era alguém conhecido que se aproximava, deitou-se de novo. Geréb chegou bem perto de Janó, e assim o telhado o escondeu completamente de Nemecsek. Mas o loirinho se encheu de coragem. Tão silenciosamente quanto pôde, ele se arrastou para cima do telhado. Ali ele se deitou e subiu rastejando até chegar bem acima da porta, de onde poderia se arriscar a esticar o pescoço. Aqui e acolá uma telha rangeu sob seu peso, e nesses momentos o sangue congelou nas veias do pequeno Nemecsek. Mas ele prosseguiu e por fim, cuidadosamente, pôs a cabeça para fora. Caso o vigia ou Geréb olhassem de repente para o alto naquele momento, ficariam bastante assustados ao verem a cabecinha esperta de Nemecsek no beiral do telhado, com os olhos alertas absorvendo tudo que se desenrolava em frente ao barraco.

Geréb, que estava bem junto do vigia, cumprimentou-o com um afável "Como vai, Janó?".

– Oi! – respondeu o esloveno, sem tirar o cachimbo da boca.

Geréb deu um passo à frente:

– Tenho um charuto para você, Janó!

Aquela novidade justificava tirar o cachimbo da boca. Os olhos do vigia se iluminaram. Não era frequente que Janó tivesse a sorte incrível de ver um charuto inteiro. Ele normalmente o recebia depois que outra pessoa havia fumado a maior parte.

Geréb pegou três charutos e os pôs na mão de Janó.

"Bem", pensou Nemecsek, "é uma sorte danada que eu tenha subido aqui. Esse menino está tramando alguma coisa, ou não começaria oferecendo charutos."

E entreouviu Geréb dizer suavemente ao vigia:

– Venha ao barraco comigo... Não quero conversar aqui fora... Não quero ser visto... É uma coisa muito importante. Tem muitos outros charutos no lugar de onde vieram estes!

E ele estendeu um punhado de charutos. Nemecsek abanou a cabeça, pensando: "Alguma ele está aprontando, do contrário não iria oferecer todos esses charutos".

É claro que o vigia entrou no barraco alegremente, seguido por Geréb. Atrás de Geréb, entrou o cachorro. Nemecsek ficou contrariado.

"Acho que não vou conseguir ouvir coisa nenhuma agora", ele pensou, "meus melhores planos não deram em nada."

E ele sentiu muita inveja do cachorro, que pôde entrar antes que a porta se fechasse. Sim, até a porta estava fechada agora. Nemecsek se lembrou das lendas em que bruxas transformavam príncipes em cachorros e de bom grado teria dado dez de suas melhores bolinhas de gude, ou até vinte, por uma transformação dessas: ser capaz de trocar de lugar com Hector. Afinal, ele refletiu, Hector e ele próprio eram camaradas de armas, colegas soldados rasos...

Mas em lugar de uma bruxa com nariz de ferro veio em seu socorro um inseto com dente de ferro. O pobre inseto que antes havia aberto um buraco na tábua do telhado para alimentar regiamente sua família não tinha a menor noção do favor imenso que estava prestando aos Meninos da Rua Paulo. No local carcomido por insetos, a telha era naturalmente mais fina. Nemecsek grudou a orelha ali e escutou com toda a atenção. Começou ouvindo sons abafados, mas logo depois sentiu a agitação de escutar claramente tudo que estava sendo dito no barraco. Geréb falava baixo, evidentemente com medo, mesmo naquele local protegido, de que alguém ouvisse. Disse ao vigia:

– Janó, seja razoável. Você terá todos os charutos que quiser. Mas terá de fazer uma coisa em troca.

Janó murmurou sua dúvida.

– O que preciso fazer?

– Só tem de expulsar os meninos do *grund*. Não deixar que joguem bola aqui nem que levem sua madeira.

Por alguns instantes nada mais se ouviu. Nemecsek concluiu que o vigia estava refletindo. Então a voz se fez ouvir de novo.

– Tenho de expulsar eles?

– Sim.

– Por quê?

– Porque outros querem usar o lugar. Esses outros são todos meninos ricos... Você vai ganhar todos os charutos que conseguir fumar... E até dinheiro...

Aquilo produziu o efeito desejado.

– Dinheiro também? – Janó perguntou.

– Sim. Um florim inteirinho.

A perspectiva de ganhar um florim convenceu o vigia totalmente.

– Está bem – ele disse. – Vou expulsar eles.

Em seguida, o trinco estalou e a porta rangeu. Geréb saiu do barraco. Mas nesse momento Nemecsek já não estava no telhado. Com a agilidade de um gato, ele havia descido e corrido em meio às pilhas de madeira, de volta em direção ao *grund*. Estava absolutamente excitado e sentiu que o destino de todos os meninos, o futuro inteiro do *grund*, estava em suas mãos. Vendo o grupo ao longe, ele gritou:

– Boka!

Mas ninguém respondeu. De novo ele chamou:

– Boka! Senhor presidente!

Uma voz respondeu:

– Ele ainda não está aqui!

Nemecsek zuniu como uma ventania; precisava notificar Boka sem demora. Ação imediata era necessária, antes que eles fossem enxotados de seu território. Quando passou galopando pela pilha de madeira mais externa, viu os meninos do Clube da Massa ainda reunidos. Weisz, como presidente em exercício, ainda estava com o mesmo olhar severo e, quando o loirinho passou por ele correndo, chamou:

– Olá, olá! Senhor secretário!

Nemecsek apenas gesticulou, ainda correndo, para indicar que não iria parar.

– Senhor secretário! – gritou Weisz atrás dele, e para reforçar a própria autoridade, tocou violentamente o sino presidencial.

– Não tenho tempo! – Nemecsek gritou em resposta, e continuou correndo para a casa de Boka.

Diante disso, Weisz julgou por bem recorrer a medidas extremas. Em voz áspera, anunciou:

– Soldado Nemecsek! Sentido!

Isso não permitia recusas, pois Weisz era tenente... O rapazinho ficou furioso, mas precisava obedecer, agora que Weisz tinha usado sua patente. Ele ficou em posição de sentido e disse:

– Às suas ordens, tenente!

– Bem – respondeu o chefe do Clube da Massa –, nós acabamos de decidir que de agora em diante o Clube da Massa vai funcionar como organização secreta. E também escolhemos um novo presidente.

Todos os presentes disseram alegremente o nome do novo presidente:
– Vida longa ao Kolnay!
Só Barabás exibia um olhar sombrio e disse:
– Abaixo o Kolnay!
O presidente retomou:
– Se você deseja manter seu posto como secretário, deve juntar-se a nós agora e fazer o juramento do segredo, pois se o professor Racz descobrir que...

Nesse exato instante, Nemecsek viu Geréb se esgueirando pelas pilhas de madeira. Se Geréb lhe escapasse agora, tudo teria sido em vão... Significaria o fim das fortalezas... E do *grund*... Mas, se Boka pudesse ter uma conversa franca com Geréb ali, talvez ainda pudesse convencer a boa natureza dele. O loirinho estava quase frenético de raiva. Ele interrompeu o chefe:
– Senhor presidente... Eu não tenho tempo... Preciso ir...
Weisz questionou, gravemente:
– Senhor secretário, está com medo? Será que nosso valoroso secretário receia as consequências de uma eventual descoberta?

Mas Nemecsek não estava prestando a menor atenção a ele. Seus olhos estavam fixos em Geréb, que estava se escondendo no meio das pilhas, esperando que os meninos fossem embora para poder partir sem ser visto... E esse entendimento levou Nemecsek a, sem mais palavras, abandonar o Clube da Massa na mesma hora. Segurando com uma das mãos as lapelas do casaco, galopou pelo *grund* como um tornado e saiu em disparada pelo portão.

A assembleia geral foi dominada por um silêncio profundo. Naquela atmosfera tumular, o presidente por fim falou, em tom pesaroso:
– Todos vocês são testemunhas do comportamento de Ernó Nemecsek. Eu o declaro um covarde!
– E é mesmo! – veio a aprovação.
Na verdade, Kolnay chegou a ponto de dizer:

– Ele é um traidor!

Richter agitadamente pediu a palavra:

– Eu proponho que esse traidor covarde, que desertou do clube em um momento crítico, seja destituído do cargo. E também expulso, e que conste das atas secretas que ele é um traidor!

– Urra! – ouviu-se de todas as bocas, e em silêncio solene o presidente anunciou seu veredicto:

– Esta assembleia geral declara que Ernó Nemecsek, traidor covarde, está destituído de seu cargo e expulso do clube. Senhor secretário-registrador!

– Sim, senhor! – disse Leszik.

– Registre em suas atas que esta assembleia declara Ernó Nemecsek um traidor, e registre o nome dele em letras minúsculas.

Um murmúrio percorreu o grupo. De acordo com as normas, aquela era a penalidade máxima. Muitos dos meninos se juntaram ao redor de Leszik, que sentou no chão e pôs no colo o caderno que havia sido comprado com uma moeda de cinco centavos. Nele eram mantidas as minutas do Clube da Massa. Em letra grande e feiosa, Leszik escreveu: "ernó nemecsek é um traidor!".

E assim o Clube da Massa privou Ernó Nemecsek de sua honra...

E Ernó Nemecsek – ou, se assim for mais adequado, ernó nemecsek – correu e correu rumo à Rua Kinizsi, onde, em uma casinha modesta, morava Boka. Ele pulou o portão e deu um encontrão em Boka.

– Ora, ora – disse Boka, depois de recuperar-se do impacto. – O que está fazendo aqui?

Arfando e arquejando, Nemecsek relatou o que tinha visto e agarrou Boka pelo casaco, para fazê-lo correr até o local. E assim os dois correram de volta para o *grund*.

– Tem certeza de que viu e ouviu tudo isso? – perguntou Boka, no trajeto da corrida.

– Sim, vi e ouvi tudo isso.

– E o Geréb ainda está lá?

– Se formos depressa, provavelmente ainda o pegamos.

Na clínica municipal eles precisaram parar, pois o coitado do Nemecsek começou a tossir. Ele se apoiou em uma parede.

– Vai você... – ele insistiu. – Corre, corre... Eu vou... primeiro acabar... de tossir.

E tossiu violentamente.

– Eu peguei um resfriado – ele disse a Boka, que não tinha movido um músculo – lá no Jardim Botânico... Cair na lagoa nem foi tão ruim, mas, quando precisei afundar no tanque da estufa, estava um gelo. Sinto calafrios descendo pelas costas.

Finalmente eles entraram na Rua Paulo. Assim que viraram a esquina, o portão do *grund* foi aberto. Geréb estava saindo, muito apressado. Nemecsek agarrou o braço de Boka:

– Aí vai ele!

Boka pôs as mãos em concha e, com uma voz penetrante que perturbou o silêncio da rua tranquila, gritou:

– Geréb!

Geréb parou e se virou. Ao ver Boka, ele explodiu em uma risada maliciosa e, assim gargalhando, fugiu em direção a uma praça ali perto. Aquela explosão sarcástica ecoou asperamente entre as casas da Rua Paulo. Geréb estava rindo deles.

Os dois meninos continuaram parados na esquina como se tivessem criado raízes. Geréb desapareceu das vistas. Eles sentiram que tudo estava perdido. Não trocaram uma palavra, e em silêncio se dirigiram ao portão do *grund*. De dentro chegou um som de risada infantil; os meninos estavam jogando bola. Depois, um grito retumbante: os membros do Clube da Massa estavam aplaudindo o presidente recém-eleito... Ninguém ali tinha a menor ideia de que aquela faixa de terra provavelmente já não lhes pertencia; que eles seriam roubados desse terreno sem graça e cheio de calombos, aquele pedaço pantanoso ensanduichado entre duas construções, que para suas almas juvenis representava uma liberdade irrestrita;

que pela manhã era para os meninos as pradarias americanas; à tarde, as terras baixas magiares; sob chuva era o mar; e no inverno, o Polo Norte – em outras palavras, um amigo que, para a diversão deles, desempenhava qualquer papel que eles quisessem.

– Está vendo? – comentou Nemecsek. – Eles ainda não sabem.

Boka baixou a cabeça e murmurou:

– Parece que não.

Nemecsek tinha uma fé inabalável na astúcia de Boka. Ele se recusava a perder as esperanças, enquanto continuasse em companhia daquele amigo inteligente e sensato. As primeiras espetadas de dor só o atingiram quando ele viu a primeira lágrima nos olhos de Boka, e quando o chefe – o próprio chefe, pessoalmente – disse, em voz triste e trêmula:

– O que vamos fazer agora?

5

Dois dias mais tarde, em uma quinta-feira, conforme a noite caía sobre o Jardim Botânico, duas sentinelas na ponte da ilha se aprumaram, em vista da aproximação de uma figura escura.

– Continência! – gritou um dos guardas, e depois ambos elevaram suas lanças com pontas prateadas, sobre as quais se refletiam os pálidos raios do luar.

A continência era dirigida a Feri Áts, chefe dos camisas-vermelhas, que na sequência atravessou a ponte em marcha acelerada.

– Estão todos aqui? – ele perguntou.

– Sim, capitão – respondeu uma das sentinelas.

– Geréb está?

– Foi o primeiro a chegar.

O chefe bateu continência em silêncio, e em resposta as sentinelas suspenderam as lanças outra vez. Era seu modo de fazer a saudação militar oficial.

Agora, todos os camisas-vermelhas estavam reunidos na clareira. Quando Áts se juntou a eles, o mais velho dos Pásztor gritou:

– Continência!

E as muitas lanças com pontas prateadas elevaram-se no ar.

– Precisamos nos apressar, meninos – disse Feri Áts, depois de retribuir o cumprimento. – Eu me atrasei um pouco, então vamos começar. Acendam o lampião.

Era contra as regras acender o lampião antes que o chefe chegasse. A chama acesa sempre indicava que Feri Áts estava na ilha. O mais novo dos Pásztor rapidamente cumpriu as instruções, e o exército de camisa vermelha se agachou ao redor da luz tremeluzente. Ninguém deu um pio; esperaram que o chefe falasse.

– Algo a reportar? – ele perguntou.

Szebenics levantou a mão.

– Prossiga.

– Peço licença para reportar, senhor, que parece ter sumido do arsenal aquela bandeira vermelha e verde que o senhor saqueou dos Meninos da Rua Paulo.

O chefe franziu as sobrancelhas.

– Alguma arma desapareceu?

– Não, senhor. Como oficial encarregado do arsenal, examinei as ruínas e encontrei todas as machadinhas e lanças intocadas. Está tudo lá, exceto a bandeirinha. Alguém a roubou.

– Você viu pegadas?

– Sim, senhor. De acordo com as normas, fiz na noite passada o que faço todas as noites. Joguei areia fina no chão das ruínas. Esta manhã, descobri pequenas pegadas levando da fenda diretamente para o lugar onde a bandeira ficava guardada, e de volta para a fenda. Ali eu perdi o rastro, porque o chão é duro e com grama.

– Disse que as pegadas eram pequenas?

– Bem pequenas, senhor. Menores que as do Wendauer, que entre os nossos é quem tem os pés menores.

– Deve ter sido alguém de fora – opinou o chefe. – Provavelmente, um dos meninos da Rua Paulo.

Um murmúrio percorreu as fileiras dos camisas-vermelhas.

– Baseio minha suspeita – continuou Áts – no fato de que qualquer outra pessoa teria levado embora no mínimo uma das nossas armas. Mas esse alguém só pegou a bandeira. Aposto que os Meninos da Rua Paulo designaram alguém para roubar a bandeira deles de volta. Geréb, você por acaso sabe algo sobre isso?

Evidentemente, Geréb estava atuando como espião permanente. Ele se levantou:

– Nada, senhor.

– Muito bem. Pode sentar. Vamos desvendar isso. Antes, porém, vamos aos assuntos da pauta. Vocês sabem quanto fomos humilhados no outro dia. Enquanto todos nós estávamos na ilha, o inimigo conseguiu prender um papel vermelho naquela árvore. Além do mais, foram tão espertos que não conseguimos pegar nenhum. Ficamos por uma boa distância perseguindo dois completos desconhecidos, antes de percebermos nosso erro. Sim, aquele papel vermelho nos cobriu de vergonha, e temos de nos vingar. Também adiamos nosso ataque ao *grund* de modo que Geréb tivesse oportunidade de estudar a disposição do terreno. Então, agora, vamos ouvir o relato de Geréb, e depois decidiremos quando ir à guerra.

Ele olhou para Geréb.

– Geréb, levante-se.

Geréb se levantou de novo.

– Vamos ouvir seu relatório. Quais foram suas ações?

– Eu... Eu... – começou o rapazola, um tanto constrangido. – É minha opinião que talvez possamos conquistar o local sem nenhuma batalha. Refleti a respeito e percebi que, afinal, eu costumava ser um deles... Então, por que haveria eu de ser o motivo de... Quero dizer... Ou seja, eu subornei o vigia eslovaco... E ele vai expulsar... os meninos do... do...

As palavras ficaram presas na garganta. Tão severo foi o olhar que Áts lhe lançou que ele não conseguiu continuar. Então o chefe falou, naquela poderosa voz estentórea que tantas e tantas vezes, quando enraivecida, tinha feito os meninos tremer:

– Não – ele urrou. – Você parece que ainda não conhece os camisas-vermelhas! Nós não oferecemos suborno. Nós não negociamos. Se eles não abrirem mão do lote pacificamente, nós o tiraremos deles. Não, mas que droga! Eu não quero vigia nenhum nem expulsão nenhuma. Que tipo de negócio desleal você acha que isto é?

Todos ficaram em silêncio, e Geréb baixou os olhos. Feri Áts se levantou:

– Se você é um covarde, que diabos, vá pra casa!

Seus olhos chispavam enquanto ele falava, e Geréb estava mortalmente envergonhado. Ele percebeu que, se os camisas-vermelhas decidissem expulsá-lo, agora não restaria lugar para ele no mundo. Então levantou a cabeça e se esforçou para falar de modo destemido:

– Eu não sou um covarde! Estou com vocês! De corpo e alma. E estou pronto a jurar minha lealdade!

– Assim é que se fala – disse Áts, mas seu rosto desmentia a simpatia que suas palavras tentavam transmitir. – Se quer ser um dos nossos, fará o juramento das nossas regras.

– Com prazer – ele respondeu, e respirou com alívio.

– Sua mão.

Os dois trocaram um aperto de mãos.

– De agora em diante você será um tenente entre nós. O Szebenics vai cuidar para que você receba uma machadinha e uma lança, e vai registrar seu nome na nossa lista secreta. Agora, ouçam com atenção. Isto não pode mais ser adiado. Amanhã eu decidirei o dia do ataque. Vamos nos reunir aqui amanhã à tarde. Metade da nossa tropa vai entrar pela Rua Maria para ocupar as fortalezas. Para a outra metade, vocês vão abrir o portão da Rua Paulo. Esses meninos vão expulsar qualquer um que esteja no *grund*. E, se eles se esconderem entre os montes de madeira, serão bombardeados das fortalezas. Precisamos de um campo para jogar e vamos conseguir a qualquer custo!

Todos se levantaram.

– Urra! – gritaram os camisas-vermelhas, e ergueram as lanças acima da cabeça.

O chefe gesticulou para pedir silêncio.

– Outra coisa que quero lhe perguntar, Geréb. Acha que os meninos da Rua Paulo desconfiam de que você agora está conosco?

– Não creio – respondeu o tenente recém-nomeado. – Mesmo que um deles tenha estado aqui quando o bilhete vermelho foi pregado na árvore, não teria como me ver naquela escuridão.

– Acredita, portanto, que é seguro que você se junte a eles amanhã?

– Sim.

– Não crê que eles vão desconfiar?

– Não. E, mesmo que desconfiassem, ninguém teria a ousadia de dizer, porque todos têm medo de mim. Não tem ninguém ali com coragem pra isso.

De repente, uma vozinha aguda interrompeu:

– Ah, tem sim!

Todos olharam ao redor, perplexos. Feri Áts perguntou:

– Quem disse isso?

Ninguém respondeu. A voz estridente repetiu.

– Ah, tem sim!

Então eles perceberam que a voz tinha vindo do alto da árvore. Logo em seguida houve um roçar de folhas, em estalo de alguma coisa no meio da folhagem, e um instante depois o rapazinho loiro caiu no meio deles. Depois de saltar para o chão do galho mais baixo, o camaradinha calmamente espanou as roupas, endireitou a postura como um mastro e sem um pingo de medo encarou nos olhos os anfitriões de camisas vermelhas. Estavam todos pasmos demais para conseguir falar.

Geréb estava perceptivelmente pálido.

– Nemecsek! – ele gaguejou, chocado.

E o jovem loiro prontamente respondeu:

– Sim, Nemecsek. É este quem eu sou. E vocês não precisam se dar ao trabalho de procurar pela pessoa que roubou a bandeira vermelha e verde do seu arsenal. Fui eu. Aqui está. E também são meus os pés que são menores ainda que os do Wendauer. Eu poderia não ter dito nada. Eu poderia ter ficado ali na árvore até vocês irem embora. Ora, eu estou morrendo de tédio ali desde as três e meia. Mas, quando o Geréb falou que nenhum de nós tem coragem, eu disse pra mim mesmo "Ah, espera aí que eu vou mostrar se não tem ninguém com coragem entre os Meninos da Rua Paulo... Nem que seja simplesmente Nemecsek, o soldado raso!". Assim, cá estou, ao seu dispor. Escutei toda a conversa. Roubei de volta a nossa bandeira e agora vocês podem fazer comigo o que quiserem. Podem me bater ou arrancar a bandeira da minha mão, porque não vou desistir sem lutar. Venham. Façam alguma coisa. Eu estou sozinho contra todos vocês dez.

Enquanto falava, Nemecsek ficou com as bochechas vermelhas e abriu os braços. Em uma mão, agarrava a bandeirinha. Os camisas-vermelhas ainda estavam surpresos demais para se mexer; simplesmente encaravam o molequinho loiro que tinha de repente despencado do céu e bravamente atirado na cara deles suficientes coragem e valentia para permitir que ele derrotasse o exército inteiro, incluindo os irmãos Pásztor e Feri Áts.

Os irmãos Pásztor foram os primeiros a recuperar a presença de espírito. Avançaram para Nemecsek e lhe seguraram os braços. O caçula dos dois ficou à direita de Nemecsek e estava prestes a arrancar a bandeira do menino quando subitamente a voz de Feri Áts rompeu o silêncio daquela cena dramática:

– Parem! Não encostem nele.

Os Pásztor olharam espantados para o chefe.

– Não o machuquem – Áts repetiu. – O menino me agrada! Você é um sujeitinho destemido, Nemecsek. Qual é seu nome todo? Aqui está minha mão. Por que não se junta a nós?

Nemecsek balançou a cabeça negativamente:

— Eu não — retrucou, desafiador.

Sua voz tremia, mas não era de medo, e sim de excitação. Pálido, mas com uma expressão séria, ele se manteve firme e repetiu.

— Eu não!

Feri Áts sorriu e disse:

— Pois está muito bem. Eu nunca havia convidado ninguém para se juntar a nós. Todos que aqui estão imploraram para ser aceitos. Você foi o primeiro que convidei. Mas se não quer, então não...

E deu as costas a Nemecsek.

— O que vamos fazer com ele? — perguntaram os Pásztor.

O chefe deu de ombros. O Pásztor mais velho arrancou violentamente a bandeira vermelha e verde da mãozinha delicada de Nemecsek. Doeu. Os Pásztor tinham punhos incrivelmente rígidos, mas o loirinho cerrou os dentes e não emitiu um único som.

— Peguei! — anunciou um dos irmãos.

Todos os presentes estavam com a respiração suspensa pela curiosidade. Que castigo horrível o Terrível Feri Áts iria determinar? Nemecsek se manteve firme, impávido e de lábios franzidos.

Feri Áts virou-se para ele de novo e gesticulou para os Pásztor:

— Ele é muito fraquinho. Não é justo dar uma surra nele... Mas vocês podem dar um caldo.

Grande foi a diversão entre os camisas-vermelhas. Até Feri Áts estava rindo, assim como os irmãos Pásztor. Szebenics lançou o chapéu para o alto e Wendauer começou a pular feito doido. Até Geréb, sentado ao pé da árvore, deu risada; a única fisionomia séria no meio da alegre festa era a de Nemecsek. Ele estava resfriado e fazia três dias que andava tossindo. A mãe o proibira de sair naquele dia, mas ele simplesmente não conseguiu ficar no quarto. Às três da tarde, escapuliu para fora de casa e das três e meia até poucos minutos antes tinha estado trepado na árvore. Mas por nada do mundo ele revelaria isso. Por que haveria de fazê-los saber que estava resfriado? Os meninos ririam ainda mais, especialmente Geréb, que parecia estar se divertindo enormemente à custa dele. Assim, Nemecsek nada disse. Mudo e em meio à celebração geral, ele foi levado à margem, onde os dois Pásztor aguardavam para afundá-lo na lagoa rasa. Apavorantes, de fato, eram esses dois irmãos. Um deles segurou para baixo as mãos de Nemecsek, enquanto o outro segurou sua cabeça. Eles o mergulharam até a nuca na água, arrancando alegres gargalhadas de todos que estavam na ilha. Os camisas-vermelhas dançaram em júbilo, atiraram os chapéus para cima e gritaram: "Hip, hip, urra!".

Aquele era o grito de triunfo deles. Os "hip, hip, urra" em alto volume, misturados aos risos incontidos e à alegria rouca, perturbaram o silêncio noturno da ilhota. Na margem, perto do local onde Nemecsek, como um pequeno sapo melancólico, piscava tristemente para fora da água, estava Geréb, parado com os pés afastados, rindo com escárnio e insultuosamente apontando a cabeça para o pobre loirinho.

Logo os Pásztor soltaram Nemecsek, e ele saiu da água. Ao ver a figura miúda enlameada e pingando, a gangue explodiu em gargalhadas ainda mais violentas. Nemecsek estava ensopado até os ossos, e ao sacudir os braços a água escorreu de suas mangas como de um cano. Eles se afastaram com pressa quando ele se sacudiu à moda dos cachorros. Palavras de desprezo foram gritadas para ele.

– Sapo!
– Tomou uns goles?
– Por que não vai nadar um pouco?

Nemecsek não se dignou a reagir. Sorriu amargamente e alisou o casaco encharcado. Agora Geréb se plantava à frente dele. Sua boca estava esticada em um largo sorriso quando, com um aceno sem-vergonha, ele disse:

– Gostou?

Nemecsek fitou os grandes olhos azuis em Geréb e respondeu:

– Sim – e acrescentou tranquilamente –, muito melhor do que ficar parado na margem rindo de mim. Eu preferiria ficar com água pelo queixo até o Ano-novo a me aproximar de inimigos dos meus amigos. Eu não me importo de ter sido afundado na água. Outro dia, eu mesmo caí nela sozinho. E naquele dia eu vi você na ilha com esses desconhecidos. Mas vocês podem me convidar tanto quanto quiserem, podem me bajular e me cobrir de presentes, eu nunca vou me bandear para o seu lado. E, se vocês me derem outro caldo, se me jogarem na água cem vezes, ou até mil vezes, eu voltarei aqui amanhã e no dia seguinte do mesmo jeito. Vou encontrar um esconderijo onde vocês não possam me pegar. Não tenho medo de nenhum de vocês. E, se vocês forem à Rua Paulo para tomar o nosso terreno, estaremos prontos! Não se esqueçam disso, também! Vou mostrar que com dez dos nossos contra dez dos de vocês a conversa será diferente da que tivemos agora. Foi bem fácil me vencer! O que é mais forte sempre vence! Os irmãos Pásztor roubaram minhas bolinhas de gude no Jardim do Museu porque eram mais fortes. Agora eu levei um caldo porque vocês são mais fortes! É fácil até demais, quando são dez contra um! Mas eu não ligo. Vocês podem até me bater, se ficarem felizes com isso. Eu poderia ter escapado do caldo, mas não vou me juntar a vocês. Prefiro ser afogado ou ter meus miolos esmagados a ser um traidor... como... certa pessoa parada... aí...

Ele esticou um braço e apontou para Geréb, cuja risada subitamente morreu na garganta. A chama tremeluzente do lampião caiu sobre a bela cabeça loira de Nemecsek e suas roupas cintilantes. Destemido e orgulhoso, com o coração imaculado, ele encarou Geréb bem nos olhos. E Geréb sentiu como se aquele olhar franco tivesse descarregado um peso em sua alma. Ficou sério e baixou a cabeça. Naquele instante, todos os meninos estavam tão silenciosos como se estivessem na igreja. O som da água pingando das roupas de Nemecsek era claramente audível.

O silêncio profundo foi rompido por uma pergunta do próprio Nemecsek:
– Posso ir?

Ninguém se arriscou a responder. Mais uma vez ele perguntou:
– Vocês não vão me bater? Posso ir embora?

E, já que ninguém se arriscava a falar, com toda a calma e tranquilidade ele partiu em direção à ponte. Nem uma mão se levantou, nem um único rapaz se moveu. Todos sentiram que aquele molequinho loiro era um verdadeiro herói, um homem de verdade, que merecia ser adulto... As sentinelas na ponte, que haviam testemunhado todo o episódio, meramente o encararam, maravilhadas, mas nenhuma se atreveu e relar a mão nele. Quando Nemecsek pisou na ponte, a voz profunda e estrondeante de Feri Áts se fez ouvir:

– Continência!

E os guardas entraram em posição de sentido e ergueram no ar as lanças com pontas prateadas. Todos os demais meninos juntaram os calcanhares e da mesma forma levantaram as lanças. Ninguém falou; os raios da lua brilhavam com grande eloquência nas pontas prateadas das lanças. Apenas os passos de Nemecsek, que se afastava, eram ouvidos batendo contra a ponte. Logo, nem isso se escutava mais, o baque foi substituído por uma espécie de guincho, como quando alguém anda com sapatos cheios de água... Nemecsek tinha ido embora.

Os camisas-vermelhas na ilha trocaram olhares furtivos. Feri Áts estava de pé no centro da clareira, de cabeça baixa. Geréb, pálido como um fantasma, deu um passo e gaguejou qualquer coisa.

– Veja, eu... – ele começou.

Mas Feri Áts deu as costas a Geréb. Então Geréb foi até o grupo imóvel de meninos e parou na frente do Pásztor mais velho.

– Você entende, meu velho... – ele disse, com voz trêmula.

Mas Pásztor seguiu o exemplo do chefe. Deu também as costas a Geréb, que agora estava totalmente desorientado. Não sabia o que fazer em seguida. Dali a pouco disse, em tom contido:

– Bem, acho que é melhor eu ir andando.

Mas também aquilo ficou sem resposta. De modo que Geréb partiu pelo mesmo caminho que Nemecsek tinha percorrido apenas um minuto antes. Mas ninguém se ofereceu para lhe bater continência. Os sentinelas se curvaram sobre o parapeito da ponte e ficaram observando a água. Os passos de Geréb também sumiram ao longe, no silêncio do Jardim Botânico...

Agora que os camisas-vermelhas estavam sozinhos, Feri Áts se virou pela primeira vez e andou até o mais velho dos Pásztor. Parou muito perto, de modo que os rostos de ambos quase se tocavam. Calmamente ele perguntou:

– Foi você quem roubou os gudes dessa criança no Jardim do Museu?

Pásztor respondeu com a mesma calma:

– Sim.

– Seu irmão estava junto?

– Sim.

– Anunciaram um *einstand*?

– Sim.

– Eu não proibi os camisas-vermelhas, explicitamente, de roubarem as bolas de gude dos meninos fracos?

Os Pásztor calaram. Feri Áts não tolerava desobediência. O chefe lançou um olhar severo aos dois irmãos e, em um tom que não admitia oposição, mandou tranquilamente:

– Tomem um caldo.

Os irmãos olharam para Áts, aturdidos.

– Entenderam? Do jeito que estão, de roupa e tudo, entrem na água!

Então, vendo um ou dois rostos à beira de sorrir, acrescentou:

– E qualquer um que rir deles vai tomar um caldo também.

Aquilo desencorajou eficientemente toda leviandade. Áts olhou para os irmãos de novo e, em um tom insistente, disse:

– Vão, vocês dois. Já pra água. Até o pescoço. Um, dois, três!

E depois, dirigindo-se aos outros meninos:

– Meia-volta, volver! Não olhem!

Os camisas-vermelhas giraram nos calcanhares e ficaram de costas para a água. Feri Áts também se absteve de testemunhar como os irmãos Pásztor cumpriam a própria punição. Lentamente e desanimados, eles entraram na lagoa e obedientemente sentaram, de modo que ficassem imersos até o pescoço. Ninguém os viu; apenas o chapinhar foi ouvido. Feri Áts olhou na direção dos dois para ter certeza de que sua ordem foi cumprida à risca. Depois ele comandou:

– Baixar armas! Marchem!

Liderou seu exército para fora da ilha. As sentinelas apagaram o lampião e se juntaram à tropa, que, marchando ao estilo militar, percorria a ponte e desaparecia entre as árvores...

Os irmãos Pásztor saíram da água. Olharam um para o outro, depois enfiaram as mãos nos bolsos, como de costume, e partiram. Não trocaram uma palavra, pois estavam muito envergonhados de si mesmos.

A ilha ficou para trás, abandonada ao silêncio da noite de primavera iluminada pelo luar.

6

Na tarde do dia seguinte, quando, por volta das duas e meia, os meninos passaram pelo portão do *grund*, encontraram uma folha de papel imensa presa à cerca com quatro pregos enormes.

Era uma proclamação, em cuja composição Boka tinha passado a noite inteira. Era escrita em preto, exceto pelas iniciais de cada frase, que eram em vermelho. O texto completo da proclamação dizia o seguinte:

PROCLAMAÇÃO!!!
Todos precisamos estar atentos!
Um grave risco ameaça nosso território, e se não formos corajosos ele será roubado de nós!
O grund *está em perigo!*
Os camisas-vermelhas estão planejando nos atacar!
Mas estaremos aqui para expulsá-los e, se necessário, defender nosso território com nossa própria vida!
Cada um deve fazer sua parte!
O Presidente (assinado)

Ninguém teve vontade de jogar críquete nesse dia. A bola ficou em repouso no bolso de Richter; ele era o guardião da bola. Os meninos andavam de um lado a outro, debatendo a batalha iminente com grande seriedade. De tanto em tanto, voltavam à cerca para ler a proclamação mais uma vez. Alguns leram o inspirador documento vinte vezes. Alguns o memorizaram e declamavam, com toques marciais, do alto de uma ou outra das pilhas de madeira.

O exército todo estava impregnado do espírito da proclamação – a primeira do gênero. A situação deveria ser realmente muito grave, e o perigo, muito real, para que Boka considerasse necessário soltar uma proclamação com sua suprema assinatura nela.

Certos detalhes já circulavam à boca miúda. Aqui e ali se ouvia o nome de Geréb, mas ninguém tinha um conhecimento claro do que estava no ar. Por razões que só ele conhecia, o presidente achou por bem segurar a informação relativa a Geréb. Entre outros motivos, porque esperava capturar Geréb no *grund* e imediatamente submetê-lo à corte marcial. É claro que Boka não tinha nem a mais pálida desconfiança de que o pequeno Nemecsek iria, por iniciativa própria, infiltrar-se no Jardim Botânico e lá, no meio do campo inimigo, provocar o incidente mais escandaloso de que o mundo já ouvira falar... Só tinha ficado sabendo disso naquela manhã, pouco depois da aula de latim. Boka estava comprando uma fatia de pão amanteigado na cantina da escola quando Nemecsek o chamou de lado e contou tudo. No *grund*, no entanto, reinava a incerteza, e todos esperavam pela chegada do presidente. A agitação geral era aumentada por outra ocorrência desagradável, envolvendo o Clube da Massa. Descobriu-se que o pedaço oficial de massa de vidraceiro tinha se tornado ressecado, quebradiço e, portanto, inutilizável. Traduzindo em miúdos, isso significa que a massa estava imprópria para ser modelada. Sem dúvida nenhuma, era culpa do presidente do clube. Conforme explicado anteriormente, era responsabilidade desse cargo mastigar a massa do clube a certos intervalos. Kolnay, o novo presidente, havia negligenciado miseravelmente sua missão. É fácil deduzir quem foi o primeiro a denunciar o delito. Barabás abordou o assunto com vários membros, sempre em tom reprovador. Seus esforços resultaram em uma convocação para uma assembleia extraordinária. Kolnay teve a esperteza de adivinhar qual seria o propósito da assembleia.

– Muito bem – ele disse –, mas a questão do *grund* exige atenção mais imediata. Convocarei a nossa assembleia extraordinária para amanhã.

Mas Barabás começou um tumulto:

– Não podemos adiar esse tipo de coisa! Senhor presidente, você parece estar com medo!

– De você?

– Não de mim, mas da assembleia! Exigimos que a assembleia seja convocada para hoje.

Kolnay estava prestes a retrucar, quando de repente eles ouviram a senha dos Meninos da Rua Paulo:

– Alô, alô! Olá!

Todos olharam para o portão. Boka entrou. Ao lado dele estava Nemecsek, com um grande cachecol vermelho de tricô enrolado no pescoço. A chegada do chefe colocou em pausa a discussão dos dois. Kolnay decidiu ceder:

– Está bem, faremos a assembleia extraordinária hoje. Mas vamos primeiro ouvir o que o Boka tem a dizer.

– Estou de acordo – respondeu Barabás.

A essa altura, porém, os outros membros do Clube da Massa já estavam reunidos ao redor de Boka, fazendo mil e uma perguntas. Os dois contendores rapidamente se juntaram aos demais. Boka pediu que todos fizessem silêncio. Então, para a plateia atentíssima, ele disse:

– Rapaziada, suponho que vocês já tenham lido na proclamação sobre o perigo que nos ameaça. Nossos espiões penetraram o campo inimigo e descobriram que os camisas-vermelhas estão planejando nos atacar amanhã.

Um murmúrio de espanto percorreu todas as fileiras. Ninguém fazia ideia de que a guerra estava tão próxima.

– Sim, amanhã – continuou Boka. – Assim, declaro que estamos em estado de guerra. Todos devem obediência absoluta a seus superiores e todos os oficiais devem obediência a mim. Que ninguém pense que isto será brincadeira de crianças. Os camisas-vermelhas são fortes e numerosos. Será inevitavelmente uma batalha muito dura. Mas não queremos forçar ninguém a ela. Portanto, vou deixar claro desde já: quem não quiser lutar pode dizer isso agora mesmo!

Silêncio profundo. Ninguém respondeu. Boka repetiu:

– Todos aqueles que não desejarem ir para a guerra, deem um passo à frente. Será que não tem um único que não queira, entre todos vocês?

E todos juntos gritaram:

– Não!

– Se é assim, quero de todos vocês sua palavra de honra de que estarão aqui amanhã às duas horas.

Um a um, eles se apresentaram diante de Boka e juraram comparecer no dia seguinte. Depois de apertar as mãos dos companheiros, Boka disse, em tom de voz fervoroso:

– E qualquer um que deixar de se apresentar amanhã será considerado um hipócrita desprezível e é melhor que nunca mais ponha os pés aqui, pois iremos expulsá-lo na ponta da vara.

Leszik deu um passo adiante:

– Senhor presidente, estamos todos aqui, exceto Geréb.

Silêncio mortal se seguiu a essa constatação. Estavam todos ansiosos para ouvir qual era o problema com Geréb. Mas Boka não era o tipo de menino que se desviava do plano original. Ele não estava propenso a entregar Geréb até que ele mesmo o flagrasse no ato. Muitos meninos perguntaram:

– Mas e quanto ao Geréb?

– Nada – Boka respondeu calmamente. – Falaremos dele em outro momento. Por ora, precisamos garantir que venceremos a batalha. No entanto, antes de dar as instruções, tenho outra coisa a dizer. Se há alguma inimizade entre vocês, ponham de lado por enquanto. Aqueles que estão brigados devem fazer as pazes.

Silêncio.

– Bem? – pressionou o presidente. – Não tem ninguém aqui magoado com outro?

Weisz disse, um tanto embaraçado:

– Por acaso chegou ao meu conhecimento que...

– Desembucha!

– Que o... Kolnay e o... Barabás...

– É verdade?

Barabás ficou vermelho.

– Sim – ele admitiu. – O Kolnay, ele...

E Kolnay interrompeu:

– Sim... O Barabás, ele...

– Basta. Façam as pazes imediatamente – ordenou Boka –, do contrário expulsarei os dois. Só podemos enfrentar o inimigo se entre nós formos todos melhores amigos!

Os dois inimigos se puseram um de cada lado de Boka e relutantemente esticaram as mãos um para o outro. Ainda não tinham soltado o aperto quando Barabás disse:

– Senhor presidente?

– O que foi?

– Tenho uma condição.

– Sim?

– Caso... os camisas-vermelhas não nos ataquem... então... quero permissão para ficar bravo com o Kolnay de novo... porque ele...

Boka lançou um olhar penetrante:

– Cale-se!

Aquilo silenciou Barabás, mas por dentro ele estava espumando. Naquele momento teria dado qualquer coisa para poder soltar um murro bem dado na costela de Kolnay, que sorria para ele alegremente.

— E agora — disse Boka —, o soldado Nemecsek vai me passar nosso plano de guerra.

Obedientemente, Nemecsek tirou uma folha de papel do bolso e estendeu ao presidente. Era o plano que Boka tinha elaborado depois do almoço. Era um mapa, conforme mostrado a seguir. Nemecsek o esticou sobre uma pedra plana e os meninos se agacharam em volta. Estavam todos ansiosos para saber que posição lhes caberia, que papel estaria reservado a eles. Boka começou a explicar o plano de guerra:

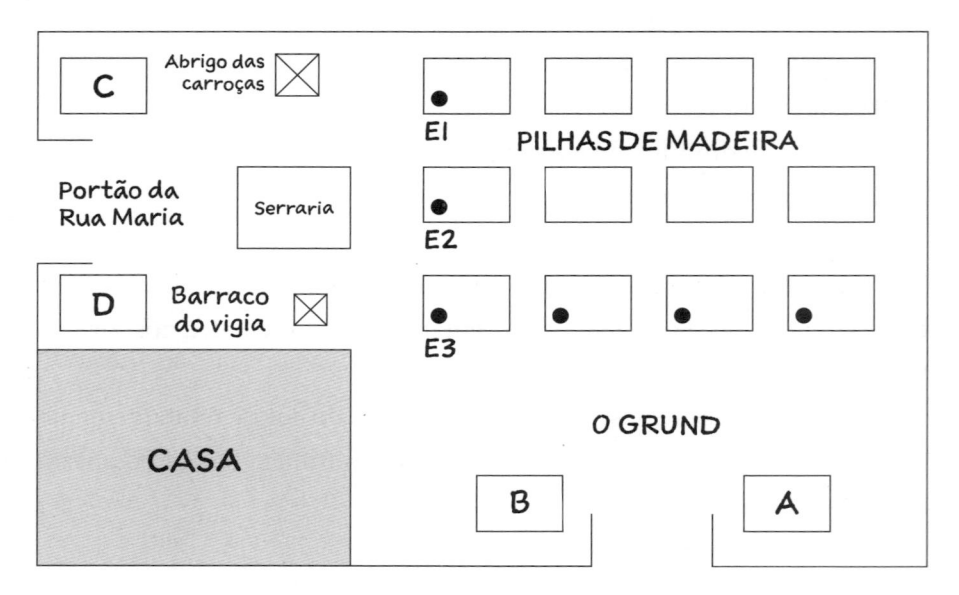

— Prestem muita atenção e mantenham os olhos no desenho. Este é o mapa do nosso território. De acordo com o relatório dos nossos espiões, o inimigo pretende nos atacar por dois lados: a lateral da Rua Paulo e a lateral da Rua Maria. Agora vamos por partes. Este quadrado aqui, com as letras A e B, representa as duas divisões designadas a defender o portão. A Divisão A consiste em três homens sob o comando de Weisz. A Divisão B também tem três homens e está sob o comando de Leszik. O portão da Rua Maria será defendido por duas outras divisões. Richter será responsável pela Divisão C e Kolnay vai liderar a Divisão D.

Nesse momento, uma voz interrompeu:
– Por que não eu?
– Quem disse isso? – perguntou Boka, gravemente.
Barabás admitiu ter sido ele.
– Você de novo! Se eu ouvir mais uma palavra, vou mandá-lo para a corte marcial. Sente-se!
Barabás resmungou qualquer coisa, depois se sentou. Boka retomou a explicação:
– Estes pontos pretos, marcados com E maiúsculo e números, representam as fortalezas. Elas são reforçadas com areia, de modo que bastarão dois homens em cada uma. É fácil combater com areia. Além disso, as fortalezas ficam tão perto umas das outras que, em caso de ataque, os outros podem se juntar no bombardeio contra o inimigo. As fortalezas 1, 2 e 3 vão defender o *grund* na lateral da Rua Maria, e as 4, 5 e 6 vão ajudar, com areia e bombas, as Divisões A e B. Exatamente qual vai para qual posição, decidirei mais tarde. Cada comandante de divisão escolherá a própria tropa. Entendido?
– Sim! – foi a resposta unânime.
Boquiabertos e de olhos arregalados estavam os meninos sentados ao redor daquele mapa esplêndido. Alguns, zelosamente, tomavam nota do que ia dizendo o presidente-guerreiro.
– Muito bem, então – continuou Boka. – Isso cobre nossas posições estratégicas. Agora vêm as instruções militares. Escutem com atenção. Imediatamente depois que a patrulha no alto da cerca reportar que os camisas-vermelhas estão vindo, as Divisões A e B vão abrir o portão.
– Abrir?
– Sim, vocês vão abrir o portão. Não vamos nos esconder deles, queremos combater. Eles vão entrar e nós vamos expulsá-los. Portanto, como eu estava dizendo, vocês vão abrir o portão e deixar que as tropas inimigas entrem. Assim que o último homem entrar, vocês vão atacar. Ao mesmo tempo, as fortalezas 4, 5 e 6 vão começar a bombardeá-los. Essa é a missão

da tropa da Rua Paulo. Vocês vão fazer tudo o que puderem para expulsá-los e, se falharem, ao menos vão impedir que eles ultrapassem a linha formada pelas fortalezas 3, 4, 5 e 6, e que permaneçam no *grund*. A outra tropa, a da Rua Maria, tem uma missão mais difícil. Vocês, Richter e Kolnay, ouçam com atenção. As Divisões C e D vão mandar uma patrulha para a Rua Maria. Quando o outro batalhão de camisas-vermelhas aparecer naquela região, suas divisões deverão estar perfiladas e prontas para o combate. Depois que os camisas-vermelhas tiverem passado pelo portão grande, as duas divisões vão fingir que estão fugindo com pressa, batendo em retirada. Aqui, olhem no mapa... Entendem aonde quero chegar? A Divisão C é a sua, Richter... Vai correr para o abrigo das carroças... – Boka apontou com o dedo: – Bem aqui. Entendido?

– Sim, senhor.

– Ao mesmo tempo, a Divisão D, que é a do Kolnay, vai correr para o barraco do Janó. Agora concentrem-se, porque o que vem a seguir é muito importante. E prestem atenção ao mapa. Os camisas-vermelhas vão naturalmente correr pelos dois lados da serraria. Mas atrás da serraria vão estar frente a frente com as fortalezas 1, 2 e 3, que vão imediatamente começar o bombardeio. Nesse exato momento, as duas divisões vão avançar, uma saindo do abrigo das carroças, a outra saindo do barraco do esloveno, e atacar o inimigo pela retaguarda. Se vocês lutarem com bravura, o inimigo será encurralado em um canto e terá de se render. Caso contrário, vocês vão empurrá-los para o barraco e trancar a porta por fora. Quando isso estiver feito, a Divisão C vem pela lateral do barraco, e a Divisão D, contornando as pilhas de madeira, vem pela fortaleza 6, e as duas juntas vão dar apoio às Divisões A e B. As tropas das fortalezas 1 e 2 vão, ao mesmo tempo, entrar nas fortalezas 4 e 5, para somar forças e deixar o bombardeio mais intenso. Depois disso, as Divisões A, B, C e D vão formar uma sólida linha de ataque, capaz de empurrar o inimigo para o portão da Rua Paulo. Enquanto isso, todas as fortalezas estarão bombardeando o inimigo pesadamente, acima da nossa cabeça. Tenho certeza de que eles não vão resistir ao nosso ataque conjunto. E assim seremos capazes de expulsá-los pelo portão da Rua Paulo. Entendido?

Uma explosão de entusiasmo foi a resposta. Os meninos, exultantes, agitavam os cachecóis e jogavam os chapéus para o alto. Nemecsek tirou do pescoço o enorme cachecol de lã e com voz fanha se juntou às comemorações:

– Biba o bresidende!

– Viva! – gritaram os demais em coro.

Mas Boka gesticulou de novo:

– Silêncio. Mais uma coisa. Meu ajudante de ordens e eu estaremos a um grito de distância das Divisões C e D. Toda ordem que eu mandar a vocês por intermédio dele deverá ser considerada ordem minha dada pessoalmente.

Uma voz ousou perguntar:

– Quem vai ser seu ajudante de ordens?

– O Nemecsek.

Alguns dos meninos se entreolharam. Membros do Clube da Massa até se cutucaram, como que indicando que a escolha de Boka exigia um protesto. Ouviram-se opiniões como estas:

– Vai, fala!

– Fala você!

– Por que eu? Você é que deveria.

Boka os encarou, espantado.

– Alguém tem alguma objeção?

Leszik foi o único que teve coragem de verbalizar o que sentia:

– Sim.

– Com base em quê?

– Na última assembleia geral do Clube da Massa... Quando...

Boka perdeu a paciência e gritou com Leszik:

– Basta. Nem mais uma palavra. Não quero mais ouvir suas besteiras. Nemecsek vai ser meu ajudante de ordens e fim de assunto. Qualquer um que se atrever a dizer uma palavra contra ele será enviado à corte marcial.

Talvez isso tenha soado um pouco excessivo, mas todos entenderam que, em tempos de guerra, esse é o único jeito de avançar. Assim, resignaram-se a ter Nemecsek como segundo na cadeia de comando, mas os líderes do Clube da Massa continuaram a cochichar resmungos. Consideravam aquilo uma afronta à sua organização. Achavam uma vergonha atribuir um posto tão importante, em tempos de guerra, a alguém que em assembleia geral eles tinham declarado traidor, e cujo nome haviam escrito em letras minúsculas no caderno preto oficial do clube. Ah, pobres, se eles ao menos soubessem...

Agora Boka estava pegando a escalação e lendo em voz alta a posição exata para a qual cada soldado tinha sido designado. Os comandantes de divisão escolheram dois homens cada. O processo foi todo muito solene, e os meninos estavam tão excitados que ninguém soltou um pio. Feito isso, Boka deu suas ordens:

– Em suas posições! Faremos manobras militares ordinárias.

Eles se espalharam correndo em todas as direções, cada um rumo ao próprio posto.

– Aguardem novas instruções! – gritou Boka, que ficara para trás sozinho com o ajudante Nemecsek, que tossia alto, o pobre. – Ei, Ernie – disse Boka, gentilmente –, enrole o cachecol de volta no pescoço, você está muito resfriado.

Nemecsek olhou cheio de gratidão para o amigo e obedeceu como se ele fosse um irmão de sangue. Embrulhou-se no grande cachecol vermelho e só as orelhas ficaram de fora. Então Boka disse:

– Agora vou mandar uma ordem por você para a fortaleza 2. Ouça bem...

Mas então Nemecsek fez algo que nunca fizera antes: interrompeu seu superior.

– Perdão, mas antes eu preciso lhe dizer uma coisa.

Boka franziu as sobrancelhas.

– O que foi?

– Agora há pouco, membros do Clube da Massa...

– Mas que importância tem isso? – gritou o presidente, irritado. – Com certeza você não leva a sério...

– Sim, levo a sério, porque eles mesmos também levam. Acho que são estúpidos e não ligo para o que pensam de mim. Mas não quero que você também... me despreze.

– Mas por que eu haveria de desprezar você?

Do meio das franjas do grande cachecol vermelho saiu uma vozinha:

– Porque eles... eles me declararam... um traidor...

– Um traidor! Você?

– Sim, eu.

– Ora, ora, agora fiquei mesmo curioso.

E Nemecsek contou, com voz hesitante e atabalhoada, o que tinha havido. Contou a Boka como precisara se afastar às pressas bem quando os membros do Clube da Massa estavam no ato de fazer o juramento do segredo, que eles imediatamente se aproveitaram desse incidente para afirmar que ele estava com medo de se juntar à organização secreta, que o haviam declarado traidor.

Do mesmo modo confuso Nemecsek manifestou a opinião segundo a qual tudo aquilo se devia ao fato de certos primeiros e segundos-tenentes, bem como capitães, se ressentirem de o presidente não ser mais próximo deles e, para piorar, ainda confiar segredos de estado a um mero soldado raso. E, finalmente, Nemecsek também considerava alarmante que seu nome tivesse sido registrado, totalmente em letras minúsculas, no caderninho preto.

Boka ouviu pacientemente o discurso de Nemecsek. Ficou em silêncio. Doeu-lhe saber que havia no grupo meninos de tal calibre. Boka era um rapazinho inteligente, mas ainda não sabia que as outras pessoas são bem diferentes de nós, e que em geral aprendemos isso à custa de sofrer certa angústia. Olhou para o loirinho com afeição.

– Não se preocupe, Ernie – ele disse. – Cumpra suas obrigações e ignore-os. Não quero começar uma confusão antes da guerra. Porém, quando a batalha estiver terminada, tomarei providências. Agora, vá rápido às fortalezas 1 e 2 e entregue minhas ordens, para que os meninos rastejem para as fortalezas 4 e 5. Quero ver de quanto tempo eles precisam para fazer isso.

O soldado Nemecsek entrou em posição de sentido, bateu continência rigidamente e, embora incapaz de reprimir a triste percepção de que por causa da guerra a questão de sua honra teria de aguardar, sufocou a amargura e de modo perfeitamente soldadesco respondeu:

– Às suas ordens, senhor!

E com isso saiu voando. Nuvens de poeira se levantaram à sua passagem, e logo o ajudante sumiu no meio das pilhas de madeira, no alto das quais crianças sem malícia e de olhos arregalados espiavam atrás das cidadelas. Seus rostos espelhavam a excitação que domina os soldados de verdade antes da batalha, como nos foi descrito por correspondentes de guerra perspicazes e destemidos.

Boka ficou sozinho bem no meio do *grund*. Sim, claro, o rumor de rodas chegava claramente àquela faixa de terreno fechado. Apesar disso, Boka sentia como se não estivesse de maneira nenhuma no coração da cidade e sim em algum lugar muito, muito distante, em terra estrangeira, em um vasto campo onde, no dia seguinte, seria decidido o destino de verdadeiras nações. Os meninos não fizeram nenhum ruído; estavam todos calmamente aguardando ordens. Boka percebeu que tudo dependia dele. O bem-estar e o futuro daquele grupinho. As tardes alegres, os jogos de críquete, os vários outros esportes e brincadeiras a que ele e os amigos se entregavam com tanto prazer. E Boka se sentiu cheio de orgulho, ao se dar conta de que tinha assumido uma missão tão nobre.

– Sim – ele disse para si mesmo –, eu vou proteger todos vocês!

Examinou o precioso local. Depois olhou na direção dos montes de madeira, do meio dos quais o cano esguio da chaminé da serraria inclinava a cabeça, inquisitivo, e arrotava nuvens felpudas, brancas como a neve, sem o menor cuidado, como se aquele fosse um dia como outro qualquer, como se não fosse verdade que tudo, sim, tudo estava agora em jogo...

Boka teve uma sensação inequívoca de grandeza, como um líder militar na véspera de uma batalha crucial. Ele pensou no grande Napoleão... E sua mente se projetou no futuro. O que seria dele? Que tipo de carreira lhe estava destinada? Será que se tornaria um soldado, um soldado de verdade, comandando tropas uniformizadas em um campo de batalhas longínquo – lutando não por um pedacinho de chão, como aquele *grund* deles, mas por aquele imenso e querido território conhecido como Pátria? Ou ele se tornaria médico, travando uma guerra diária, e terrivelmente séria, contra as aflições humanas?

O anoitecer do início do outono chegou silenciosamente, acompanhando os devaneios de Boka. Um suspiro fundo lhe escapou dos lábios quando ele partiu rumo às pilhas de madeira, para passar em revista as tropas que deveriam proteger as fortalezas.

Os meninos no alto das pilhas viram a aproximação do chefe e começaram a se inquietar. As bombas de areia estavam prontas e enfileiradas, e todos prestavam máxima atenção.

Mas o líder parou de repente, no meio do caminho, e olhou para trás. Parecia estar ouvindo. Depois girou nos calcanhares e, com passos apressados, foi até o pequeno portão.

Houve uma batida. Boka destrancou e abriu o portão, depois se encolheu de espanto. Quem estava à sua frente era Geréb.

– Você? – Geréb balbuciou, aturdido.

Boka não conseguiu responder, de tão perturbado. Geréb entrou devagar e fechou o portão atrás de si. Boka continuava sem entender qual seria a missão de Geréb. Mas Geréb obviamente não era mais tão calmo nem alegre quanto costumava ser. Estava pálido e abatido; a todo momento ajeitava o colarinho, muito nervoso, e era evidente que queria dizer alguma coisa, mas não sabia por onde começar. Portanto, ficaram ambos se encarando em silêncio por alguns instantes, até que finalmente Geréb falou:

– Eu vim pra... ter uma palavrinha... com você.

Boka recuperou a capacidade de falar. Em um tom reto e sério ele respondeu:

– Não tenho nada a lhe dizer. O melhor que você pode fazer agora é sair pelo portão por onde entrou.

Geréb não aceitou a sugestão.

– Olha aqui, Boka – ele disse. – Eu sei que você sabe de tudo. E sei também que todos vocês sabem que me bandeei para o lado dos camisas-vermelhas. Não vim como espião, vim como amigo.

Calmamente, Boka disse:

– Como amigo você não pode ter vindo.

Geréb baixou a cabeça. Ele estava totalmente preparado para ser recebido com rudeza, para ser expulso, mas nem por um momento imaginou que falariam com ele em um tom de voz tão moderado e dolorido. Em reação, ele também baixou a voz e disse, arrependido:

– Vim desfazer o mal que fiz.

– Isso não pode ser desfeito – disse Boka.

– Eu lamento muito... Eu lamento mesmo, muito mesmo... E trouxe de volta a bandeira que Feri Áts levou e que Nemecsek roubou de volta e que os Pásztor arrancaram da mãozinha dele...

Tendo dito isso, tirou do bolso interno da jaqueta a pequena bandeira vermelha e verde. Os olhos de Boka se iluminaram. A bandeirinha estava amarrotada, até um pouco esgarçada: era evidente que tinha sido alvo de disputas.

– Quanto à bandeira – disse Boka –, nós mesmos vamos recapturá-la dos camisas-vermelhas. Se não conseguirmos, bem, daí nada mais terá muita importância... Porque teremos de sair daqui, de qualquer forma... Precisaremos nos espalhar... para nunca nos reunir outra vez... Mas não queremos a bandeira desse jeito. E também não queremos você.

E com isso ele se preparou para se afastar, como se ansioso por deixar Geréb. Mas Geréb agarrou a ponta de seu casaco.

– Boka – ele disse, com a voz rouca –, eu admito que me comportei muito mal. Quero fazer a coisa certa, agora. Me perdoe... me perdoem, todos vocês.

– Ah, eu já perdoei você.

– E vai me aceitar de volta?

– Certamente que não.

– Sob nenhuma condição?

– Não.

Geréb tirou um lenço do bolso e levou aos olhos. Com tristeza, Boka disse:

– Não chore, Geréb. Não aqui, na minha frente. Por favor, vá para casa, como um bom sujeito, e nos deixe em paz. É claro que você veio aqui porque se desmoralizou perante os camisas-vermelhas também.

Geréb guardou o lenço e tentou assumir uma postura viril:

– Muito bem. Eu vou embora. Vocês nunca mais vão me ver de novo. Mas eu lhe dou minha palavra de honra de que não vim aqui porque os camisas-vermelhas me odeiam. Há outra razão.

– E qual seria?

– Não vou contar. Você provavelmente vai descobrir. Mas, quando descobrir, será um dia triste para mim...

Boka o encarou, confuso.

– Não tenho a menor ideia do que você quer dizer.

– Não vou parar para explicar agora – Geréb gaguejou e começou a andar na direção do portão; lá chegando, parou, virou-se para trás e perguntou: – Não vai adiantar eu pedir de novo que você me aceite de volta, vai?

– Não.

– Bem... Então não vou pedir.

Ele saiu em passo acelerado e bateu o portão. Boka vacilou por um instante. Aquela era a primeira vez na vida que ele demonstrava crueldade com outro ser humano. Sentiu-se fortemente tentado a correr atrás do menino, chamar e pedir: "Volte, mas prometa se comportar!". Mas esse impulso passou rápido, quando Boka recordou o incidente no qual Geréb, rindo maliciosamente, tinha fugido dele. Ele não conseguia se esquecer da imagem, na Rua Paulo, quando Nemecsek e ele mesmo ficaram lamentavelmente parados na calçada, a risada de Geréb ecoando em seus ouvidos...

– Não, eu não vou chamar – decidiu. – Ele é um rato.

Boka deu meia-volta para seguir na direção das pilhas de madeira, mas subitamente parou, estupefato. Ali, no alto das pilhas, encontravam-se todos os meninos; haviam testemunhado a cena em silêncio. Mesmo os que não tinham sido designados para as fortalezas estavam lá. O pequeno exército estava enfileirado em formação simétrica. Ninguém emitiu nem um som; com a respiração suspensa, haviam aguardado para ver o que aconteceria entre Boka e Geréb. Agora que Geréb tinha partido e Boka rumava na direção deles, seus sentimentos reprimidos foram liberados em uma explosão espontânea de júbilo.

– Urra! – ecoou um coro de vozes infantis entusiasmadas, e chapéus foram atirados para cima.

– Vida longa ao presidente!

E um guincho chocante rasgou o ar, um som como nenhuma locomotiva a vapor, por mais poderosa que seja, consegue produzir. Foi um assobio estridente e triunfal, contribuição de Csónakos, é claro. Sua expressão estava radiante de alegria quando, sorrindo, ele disse:

– Nunca na vida assobiei com tanto prazer!

Boka parou no centro do *grund* e, profundamente comovido, saudou seu exército com toda a alegria. Mais uma vez, não pôde evitar pensar no grande Napoleão. Dizem que ele era adorado por seus guardas.

Todos os meninos testemunharam o encontro entre Boka e Geréb e agora tinham uma ideia bastante clara da perfídia do segundo. Apesar de longe demais para ouvir o que os dois meninos tinham dito um ao outro, eles entenderam várias coisas com base nos gestos. Viram a atitude de rejeição de Boka. Viram quando ele se recusou a apertar a mão de Geréb. Viram Geréb começar a chorar e o viram partir. Ficaram um pouco apreensivos quando Geréb, indo embora, tinha parado no portão para implorar a Boka mais uma vez. Naquele momento, Leszik tinha cochichado: "Ai, ai, ai... E se ele perdoar o Geréb agora?", mas se acalmou ao ver Boka sacudir a cabeça, resolutamente. Geréb foi obrigado a partir e eles explodiram em entusiasmo frenético. O "Urra!" unânime era um cumprimento ao chefe. Eles estavam orgulhosos porque seu presidente tinha provado ser um homem de verdade, não uma mera criança. Teriam amado abraçá-lo e enchê-lo de beijos. Mas, enfim, eram tempos de guerra, e só o que podiam fazer era gritar. O que fizeram com toda a força pulmonar e toda a potência vocal.

– Você foi demais, meu velho! – disse Csónakos, cheio de orgulho, mas rapidamente se arrependeu do tratamento informal e se apressou em corrigir. – Não "meu velho", perdão... Senhor presidente.

E com isso tiveram início as manobras. Ordens foram ouvidas, tropas correram entre os montes de madeira, fortalezas foram atacadas, bombas de areia cortaram o ar. Tudo se desenrolou esplendidamente. Todos conheciam admiravelmente seus papéis. Tudo isso elevou ainda mais os espíritos.

– Com certeza venceremos! – ouviu-se de todos os lados.

– Vamos expulsá-los!

– Vamos amarrar todos os prisioneiros!

– Vamos capturar o próprio Feri Áts!

Somente Boka continuou sério.

– Não deixem que a ideia de vitória lhes suba à cabeça – ele os alertou. – Guardem a alegria para depois da batalha. E agora todos que quiserem podem ir para casa. E repito: qualquer um que não aparecer no horário, amanhã, será considerado desertor!

Embora as manobras já tivessem acabado, ninguém parecia inclinado a ir para casa. Eles se espalharam em grupinhos para conversar sobre a questão Geréb.

Barabás chamou, em voz baixa e rouca:

– Clube da Massa! Clube da Massa!

– O que foi? – perguntaram os meninos.

– Assembleia geral.

Kolnay foi lamentavelmente recordado da assembleia que pouco antes prometera que realizaria. Ele teria de se justificar por permitir que o pedaço oficial de massa ficasse ressecado. Muito triste, aceitou resignado as consequências.

– Muito bem – ele disse –, vamos fazer a assembleia. Solicito que os honoráveis membros se reúnam.

E os honoráveis membros, tendo à frente Barabás, que salivava de satisfação maligna, saíram das pilhas de madeira e foram à cerca para fazer a assembleia.

– Ouçam, ouçam! – gritou Barabás.

Kolnay, assumindo a atitude oficial, disse:

– Declaro aberta a sessão. O senhor Barabás pediu a palavra.

– Rrãã, rrum-rrum – começou Barabás, limpando a garganta de modo agourento. – Caros companheiros, nosso presidente teve um golpe de sorte, porque as manobras quase levaram ao adiamento desta assembleia, que pretende destituí-lo do cargo.

– Aha! Aha! – fizeram os membros da oposição.

– Podem rir quanto quiserem – gritou o orador –, mas sei do que estou falando! Nosso presidente conseguiu, através de manobras, adiar a coisa por um momento, mas não tem como atrasá-la mais. Nós agora...

Ele parou subitamente. Houve uma sacudida violenta no pequeno portão, e aqueles eram momentos de grande ansiedade para os meninos. Talvez fossem os inimigos.

– Quem seria? – o orador perguntou, e todos apuraram os ouvidos.

Mais uma vez o som vigoroso e impaciente das batidas.

– Tem alguém no portão – disse Kolnay com voz trêmula, e espiou por uma fenda na cerca. Depois, com a surpresa estampada nos olhos, virou-se para os meninos. – Tem um senhor aí fora.

– Um senhor?

– Sim, um cavalheiro com costeletas.

– Abre o portão pra ele.

Kolnay abriu o portão. Conforme anunciado, foi um cavalheiro bem-vestido quem entrou. Usava cartola, colarinho alto, tinha uma barba preta semicircular e óculos de grau. Parou à entrada e perguntou:

– Vocês são os Meninos da Rua Paulo?

– Sim – responderam todos os meninos do Clube da Massa.

A resposta fez o misterioso senhor chegar mais perto e adotar uma expressão mais amigável.

– Eu sou o pai do Geréb – disse, fechando o portãozinho.

A afirmação produziu um silêncio completo. Deveria ser um assunto importante, para o pai de Geréb achar necessário ir até eles. Leszik cutucou Richter:

– É melhor ir correndo chamar o Boka.

Richter saiu em disparada em direção à serraria, onde encontrou Boka no meio de um relato minucioso sobre o mau comportamento de Geréb. O cavalheiro barbado virou-se para os membros do Clube da Massa:

– Digam-me: por que expulsaram meu filho?

Kolnay deu um passo à frente:

– Porque ele nos traiu e se bandeou para os camisas-vermelhas.

– Quem são os camisas-vermelhas?

– Outra gangue de meninos, que se reúnem no Jardim Botânico... Mas agora eles querem tomar este terreno de nós porque não têm um campo onde jogar. São nossos inimigos.

O cavalheiro barbado franziu a testa:

– Agora há pouco meu filho chegou em casa chorando. Eu o espremi por muito tempo, mas ele não me contou qual era o problema. Por fim, depois que exigi que me contasse, ele confessou ter sido acusado de traição. Então eu disse a ele: "Agora eu vou pegar o chapéu e encontrar esses meninos. Conversarei com eles e chegarei ao fundo da situação. Se isso não for verdade, insistirei para que se desculpem com você. Mas, se for verdade, haverá problema, pois seu pai foi a vida inteira um homem honrado e não vai tolerar um filho que seja traidor de seus amigos". Isso foi o que falei. E agora estou aqui para pedir que me digam honestamente, por suas almas, se meu filho é um traidor ou não. E então?

Mais silêncio.

– Bem? – perguntou o pai de Geréb. – Não tenham medo de mim. Eu quero a verdade. Preciso saber se meu filho foi ofendido injustamente ou se merece ser castigado.

Ninguém respondeu. Ninguém queria aumentar a amargura daquele homem gentil e bem-vestido, que parecia tão apreensivo quanto ao caráter do filho. Ele se virou para Kolnay:

– Você disse que ele traiu vocês. Está na hora de provar. Quando e como ele traiu vocês?

Kolnay gaguejou.

– Eu... ora... eu... só... ouvi...

– Isso não vale nada. Qual de vocês sabe de alguma coisa com certeza? Quem o viu fazer isso? Quem conhece os fatos?

Bem nessa hora, Boka e Nemecsek estavam emergindo perto das pilhas de madeira. Richter os vinha trazendo. Kolnay suspirou de alívio.

– Veja, senhor, aí vem... o loirinho... o nome dele é Nemecsek. Ele viu. Ele sabe tudo a respeito...

Eles esperaram até que os três meninos se aproximassem. Mas Nemecsek foi direto para o portão. Kolnay chamou:

– Boka! Nemecsek! Venham aqui um minuto!

– Agora não posso – Boka gritou de volta –, por favor, esperem um pouco. O Nemecsek está muito doente, acabou de ter um ataque terrível de tosse. Preciso levá-lo pra casa primeiro...

O homem encasacado, ao ouvir o nome de Nemecsek, perguntou:

– Você é Nemecsek?

– Sim – respondeu suavemente o loirinho, e foi até o cavalheiro de casaco escuro, que lhe disse, muito severo:

– Eu sou o pai de Geréb e vim aqui para descobrir se meu filho é realmente um traidor ou não. Seus amigos aqui disseram que você sabe a verdade. Então, quero que me responda com toda a sinceridade: é verdade ou não é?

As faces de Nemecsek estavam queimando de febre. Ele estava mesmo doente. As têmporas latejavam, suas mãos estavam quentes. E o mundo a seu redor estava tão esquisito... Aquele senhor de costeletas e óculos, com a voz tão severa quanto a do professor Racz quando se dirigia a alunos bagunceiros... Aqueles meninos boquiabertos... A guerra... Toda a agitação... E aquela pergunta urgente, atrás da qual se adivinhava a possibilidade de que, se Geréb fosse mesmo um traidor, haveria encrenca...

– Responda-me! – insistiu o homem do casaco preto. – Falem agora, todos que souberem! Respondam! Ele foi um traidor?

E o corajoso menininho loiro, de bochechas e olhos brilhantes de febre, falou com coragem tranquila, como se fosse um culpado ansioso por confessar:

– Não, senhor. Ele não é um traidor.

O pai olhou orgulhoso para os demais:

– Então vocês todos mentiram para mim?

O Clube da Massa estava perplexo. Não se ouvia um pio.

– A-há! – disse o homem barbado, sarcasticamente. – Então todos vocês mentiram! Eu sabia o tempo todo que o meu filho é um menino honesto!

Nemecsek mal conseguia se manter de pé. Humildemente, perguntou:

– Posso ir agora?

O homem barbado riu dele:

– Pode, senhor sabichão!

Nemecsek, ajudado por Boka, caminhou para a rua. Agora, tudo estava borrado diante de seus olhos. Ele não enxergava nada. O cavalheiro de casaco escuro, a rua, as pilhas de madeira estavam como que no meio de uma névoa... Tudo dançava à sua frente. E em seus ouvidos parecia que certas frases martelavam como tambores. "Para as fortalezas, meninos!", gritava uma delas. E depois outra voz: "Meu filho é um traidor?", e o homem rindo desdenhosamente, enquanto sua boca crescia e crescia até ficar do tamanho do portão da escola... E pelo portão vinha saindo o professor Racz.

Nemecsek tirou o chapéu.

– Quem você está cumprimentando? – Boka perguntou. – Ora, não há uma alma à vista!

– Estou dando oi para o professor Racz – Nemecsek respondeu baixinho.

Boka começou a chorar. Na maior velocidade que conseguiu, levou o amiguinho para casa, em meio ao crepúsculo cada vez mais escuro.

Enquanto isso, no *grund*, Kolnay dera um passo à frente outra vez e estava dizendo ao cavalheiro:

– É como lhe digo, senhor, esse camarada Nemecsek é um mentiroso. Nós o declaramos traidor e o expulsamos do nosso clube.

Mas o pai de Geréb estava feliz demais para discutir, então disse:

– E parece ser, mesmo. Ele tem uma expressão dissimulada e uma consciência perturbada.

Alegremente ele foi para casa, perdoar o filho. Na esquina da Avenida Üllöi, viu quando Nemecsek, sustentado por Boka, tropeçou na guia da rua bem em frente à clínica municipal. Mas agora também Nemecsek estava em lágrimas, chorando amargamente com toda a angústia aguda de seu coração de soldado. E em meio às torrentes murmurava, repetidamente:

– Eles escreveram meu nome em minúsculas... O coitadinho do meu nome, tão honesto... escrito em minúsculas...

7

No dia seguinte, durante a aula de latim, a agitação era tamanha que o professor Racz percebeu. Os meninos ficavam se remexendo nas cadeiras e olhando para fora, desatentos. Isso era verdade não só em relação aos Meninos da Rua Paulo mas aos outros também; em relação à escola inteira, posso afirmar. Por todo o imenso prédio, havia se espalhado o boato segundo o qual estavam sendo feitos grandes preparativos para a guerra. Até os das turmas mais adiantadas, do sétimo e do oitavo anos, demonstravam evidente interesse no assunto. Os camisas-vermelhas estudavam na Escola Real, no distrito de Josephtown. Portanto o ginásio inteiro estava unido na torcida por uma vitória dos Meninos da Rua Paulo. Muitos até pensavam que a honra da escola dependia dessa vitória.

– O que há com vocês hoje, meninos? – perguntou o professor Racz, impaciente. – Vocês estão inquietos e distraídos, e com a cabeça longe da lição!

Mais fundo que isso ele não se intrometeu no estado de espírito dos alunos. Contentou-se com a explicação de que aquele era um dia agitado. Em voz queixosa, disse:

– Claro, é primavera, as bolinhas de gude e o críquete... A escola não lhes interessa, não é? Ah, mas eu darei um jeito em vocês!

Mas ele apenas falou. O professor Racz tinha um semblante severo, mas era um homem afável.

– Pode se sentar! – ele disse ao menino que estava respondendo a perguntas; depois começou a folhear o caderno.

Em momentos como aquele, fazia-se sempre um silêncio extraordinário na classe. Mesmo os bem preparados não ousavam se mexer, e rígidos, como se hipnotizados, observavam os dedos do professor virarem as pequenas páginas. Alguns meninos sabiam em que página estavam seus nomes. Quando o professor por acaso folheava as páginas do fim, era a alegria daqueles cujos nomes se iniciavam por A ou B. Quando ele de repente voltava ao início do caderno, o alívio era enorme entre aqueles cujos nomes principiavam por R, S ou T.

O professor Racz continuou a percorrer as páginas do caderno fatídico e então chamou:

– Nemecsek!

– Não veio! – trovejou a turma toda.

Uma voz, uma voz bem conhecida da Rua Paulo, acrescentou:

– Ele está doente.

– O que ele tem?

– Pegou uma gripe.

Os olhos do professor Racz percorreram a classe toda; então ele disse:

– Porque vocês não se cuidam.

Mas os meninos da Rua Paulo rapidamente se entreolharam. Eles sabiam muito bem como e por que Nemecsek não tinha se cuidado. Os meninos ficavam distribuídos pela sala, alguns sentados na fileira da frente, outros na terceira; Csónakos, coitado, na última. Mas agora estavam todos se encarando. Cada rosto transmitia claramente a informação de que aquele menino, Nemecsek, tinha se resfriado no cumprimento de um dever nobilíssimo. Em poucas palavras: o pobre Nemecsek pegou uma gripe por seu *país*. Ele sofrera três caldos. Uma vez por acidente, uma vez por questão de honra e uma vez por coação. E ninguém, por nada no mundo, revelaria esse grande segredo, embora a essa altura fosse do conhecimento geral, inclusive dos membros do Clube da Massa. De fato, havia no clube agora um movimento para erradicar o nome de Nemecsek do caderno preto, mas por enquanto eles não conseguiam chegar a um acordo sobre o processo adequado. Não sabiam se deveriam primeiro substituir as letras minúsculas por maiúsculas e depois apagar o registro ou, simplesmente, apagar de uma vez sem grande alvoroço. Mas como Kolnay, que ainda era o presidente, dizia que o nome deveria ser tirado do caderno de uma vez, é claro que Barabás insistia em formar um grupo que defendia que o nome precisava, antes, ser restituído ao status original.

Mas nada disso vem ao caso agora. Todo o interesse estava concentrado na guerra iminente, a acontecer naquele mesmo dia. Quando a aula de latim terminou, grupos de colegas se aproximaram de Boka para se oferecer como voluntários. A resposta padrão de Boka foi:

– Lamentamos muito, mas não podemos aceitar a sua ajuda. Nós vamos defender pessoalmente o nosso território. Se os camisas-vermelhas por acaso forem mais fortes que nós, os venceremos com uma estratégia melhor. De toda forma, seja lá o que for que o futuro nos reserve, preferimos combater com nossas próprias forças.

O interesse era tamanho que não apenas houve voluntários de outras turmas mas também, à uma hora, quando todos corriam para casa para almoçar, até o vendedor de halva, que continuava no portão da escola, ofereceu seus préstimos a Boka.

– Meu jovem, se eu me junto a vocês, expulso o bando todo sozinho!

Boka sorriu:

– Pode deixar conosco, velho companheiro!

E com isso também ele correu para casa. Do lado de fora do portão da escola, os Meninos da Rua Paulo foram rodeados pelos colegas e receberam todo tipo de conselho útil. Alguns explicaram como dar rasteiras no inimigo. Alguns estavam dispostos a atuar como espiões. Outros pediram o privilégio de serem meros espectadores da batalha. Mas nenhum dos pedidos foi aceito. Era uma ordem estrita de Boka que, imediatamente depois do início das hostilidades, o portão fosse firmemente trancado, e que as sentinelas deveriam destrancá-lo apenas quando ficasse evidente que o inimigo estava sendo expulso.

Toda essa conversa só durou uns poucos minutos. Os meninos se dispersaram, pois exatamente às duas horas precisavam estar de volta ao *grund*. À uma e quinze, toda a vizinhança estava deserta. Até o vendedor de doces estava recolhendo seus pertences, e o bedel, em frente ao portão, fumava seu cachimbo, soltando de vez em quando um comentário ácido contra o vendedor:

– Aposto que você não vai durar muito neste bairro. Nós o obrigaremos a levar embora todo esse lixo!

Mas o vendedor não se dignou a responder, apenas deu de ombros. Ele se considerava muito acima de seu algoz. Ele usava um fez vermelho e não se rebaixaria a falar com um mero bedel de escola. Ele era particularmente indiferente quando, tal como agora, o bedel por acaso estava falando a verdade.

Pontualmente às duas horas, quando Boka, usando um boné com as cores dos Meninos da Rua Paulo, apareceu no portão do *grund*, todo o exército estava em formação militar no centro do terreno baldio. Todos estavam presentes, exceto Nemecsek, que estava em casa, de cama. Foi por isso que, justo no dia da batalha, o exército dos Meninos da Rua Paulo estava sem seu soldado. Os presentes eram todos oficiais. O único soldado raso, o verdadeiro exército, estava em casa, deitado em uma pequena cama, dentro de uma pequena casa, em um jardim da Rua Rakos.

Boka abriu os trabalhos sem demora. Em tom militar, gritou:

– Atenção! Sentido!

Toda a formação entrou em posição de sentido. Então a voz de Boka se fez ouvir de novo:

– Quero anunciar que estou abrindo mão do cargo de presidente, porque isto só se aplica a tempos de paz. Estamos agora em estado de guerra e, portanto, estou assumindo o posto de general.

Todos foram profundamente afetados pelo momento. Foi de fato uma ocasião inspiradora e quase histórica quando, em pleno dia da guerra, na hora do maior perigo possível, Boka assumiu o título de general. Depois ele acrescentou:

– E agora, pela última vez, vou repetir quais são os nossos planos de guerra, para que não haja dúvida mais tarde.

Boka repetiu tudo o que havia dito a eles no dia anterior, e, embora a maioria já tivesse memorizado, todos escutaram com máxima atenção. Ao terminar, o general deu um comando curto:

– Em suas posições!

A formação rapidamente se dispersou; apenas Csele, o almofadinha do Csele, permaneceu ao lado de Boka. Estava substituindo Nemecsek como ajudante de ordens. Trazia pendurada à cintura uma corneta de latão comprada por um florim e quarenta *krajcár*. Nessa soma estavam incluídos vinte e seis *krajcár*, representando todos os recursos do Clube da Massa. Em se tratando de finalidade militar, o comandante em chefe tinha simplesmente confiscado o valor.

Era uma cornetinha de carteiro muito bonita, que soava igualzinho a uma corneta militar. O instrumento serviria a três propósitos: anunciava a chegada do inimigo, ordenava o ataque e convocava o exército a se reunir no quartel-general. Esses sinais também tinham sido ensaiados no dia anterior.

A sentinela, que de acordo com as ordens recebidas estava sentada na cerca com uma das pernas pendurada para o lado da Rua Paulo, estava agora gritando:

– General!

– Sim, o que foi?

– Peço permissão para reportar, senhor, que uma criada deseja entrar no *grund*. Ela tem uma carta em mãos.

– Com quem ela quer falar?

– Diz que está procurando o general.

Boka se aproximou da cerca.

– Dê uma boa olhada nela, veja se não é um dos camisas-vermelhas disfarçado, mandado aqui para nos espionar.

A sentinela se inclinou bastante na direção da rua e quase perdeu o equilíbrio. E reportou:

– Senhor, peço permissão para reportar que a examinei bem direitinho e que é uma senhora de verdade.

– Assim sendo, ela pode entrar.

O portão foi aberto. A "senhora de verdade" entrou e observou o *grund*. Que senhora de verdade! Devia ter acabado de interromper o serviço de esfregar a cozinha, pois trazia nos pés chinelos domésticos.

– Trouxe esta carta do senhor Geréb – ela disse. – O patrãozinho disse que é muito urgente e que devo esperar resposta.

Boka abriu o envelope, que estava endereçado "Ao Honorável Presidente, Senhor Boka" e na verdade não era uma carta, e sim um calhamaço contendo todo tipo de papel. Havia página de caderno, papel de carta timbrado da irmã, uma folha de almaço, tudo densamente preenchido com garranchos, e cada página cuidadosamente numerada. Eis o que a carta dizia:

Querido Boka!

Sei que você não se importa de ter algo a ver comigo, nem mesmo por escrito, mas mesmo assim decidi fazer outra tentativa, antes de rompermos nossos vínculos para sempre. Agora eu percebo não só como estava errado, mas também que vocês mereciam muito mais de mim, porque tiveram uma atitude tão maravilhosa com o meu pai, especialmente o Nemecsek, que negou que eu tinha traído vocês. Meu pai ficou tão orgulhoso com a descoberta de que eu não era traidor que imediatamente comprou A ilha misteriosa, do Julio Verne, que eu queria fazia muito tempo. Ele me deu para que eu me sentisse melhor. Na mesma hora eu levei o livro de presente para o Nemecsek, apesar de não ter lido, e eu queria muito ter lido. No dia seguinte o papai me perguntou: "Onde está o livro, seu malandro?", e eu não soube o que responder, então ele falou: "Você nunca age direito, vendeu para o sebo! Espere e verá, você nunca mais vai ganhar nada de mim!". E ele já começou a cumprir a promessa, pois não ganhei almoço. Mas eu não ligo. Se o coitado do Nemecsek teve de sofrer por minha causa sem ter culpa, estou disposto a sofrer por causa dele sem ter culpa também. Isso só estou contando como curiosidade, mas não é o principal. Ontem na escola, quando nenhum de vocês conversou comigo, eu pensei em um jeito de me redimir. E no fim tive uma ideia. Pensei: vou fazer a coisa certa do mesmo modo que fiz a coisa errada. Assim, depois do almoço, e logo que me afastei de vocês tão carrancudo, porque vocês se recusaram a me aceitar de volta, eu fui ao Jardim Botânico para conseguir alguma informação para vocês. Imitei o Nemecsek, pois subi na mesma árvore da ilha onde ele uma vez ficou escondido a tarde toda. É claro que eu fiz isso antes que algum camisa-vermelha chegasse. Finalmente, por volta das quatro horas, eles vieram e eu ouvi me xingarem. Mas isso não me incomodou nem um pouco, porque eu me sentia membro da gangue dos Meninos da Rua Paulo, mesmo vocês tendo me expulsado. Vocês não podem expulsar meu coração, e ele, no fim, bate com o de vocês. E também não me incomoda se vocês vão dar risada de mim, mas eu quase chorei de alegria quando escutei Feri Áts dizer: "Aquele Geréb na verdade é do bando deles, isso sim; não é um traidor de verdade, parece que esteve espionando pra eles o tempo todo". Daí eles fizeram uma assembleia extraordinária e eu *escutei cada palavra que disseram. Eles falaram que, como o Nemecsek tinha descoberto o plano deles, eles não podiam ir para a guerra hoje, porque vocês estariam preparados. Então eles decidiram combater no dia seguinte. E teve outro esquema ardiloso, que eles debateram tão baixinho que precisei descer dois galhos para conseguir ouvir. Mas enquanto eu descia eles escutaram o estalo dos galhos e o Wendauer falou: "Vai ver aquele Nemecsek está na árvore de novo". Mas ele falou só como piada, e por sorte nenhum olhou para cima, e mesmo que tivesse olhado ninguém teria me visto, porque eu estava no meio de uma folhagem bem espessa. Enfim, eles decidiram que atacariam amanhã, do mesmo jeito que vocês sabem por meio do Nemecsek. O Feri Áts disse: "Eles agora pensam que, porque o Nemecsek ouviu tudo, nós vamos mudar nossos planos de ataque. Mas não vamos, só porque eles vão estar à nossa espera de outra forma". Isso foi o que eles decidiram. Daí eles começaram a fazer os exercícios de manobra e eu me encolhi e fiquei sentado na árvore até seis e meia, correndo o maior perigo. Porque você bem pode imaginar o que teria acontecido se eu fosse pego. Eu não estava aguentando mais. Acho que, se eles não tivessem ido embora na hora que foram, eu teria ficado tão fraco que teria caído feito um pêssego maduro bem no meio deles. E você sabe que eu não sou um pêssego, nem aquela árvore é um pessegueiro. Mas só digo isso por brincadeira. O principal é o que contei antes. Então às seis e meia, quando a ilha ficou deserta, eu desci da árvore e fui para casa. Depois do jantar, queimei as pestanas no latim, porque tinha perdido a tarde toda. Querido Boka, eu só tenho um pedido a fazer: por favor, acredite que tudo que escrevi aqui é verdade, e não pense que estou mentindo para induzi-los a erro, como se fosse um espião dos camisas-vermelhas. Estou contando tudo isso porque quero voltar para o grupo e quero merecer o perdão de vocês. Serei um soldado leal do seu exército. Nem me importo se você tirar minha patente, ficarei*

contente de ser soldado raso. Você não tem soldado raso agora, porque Nemecsek está doente, e desse jeito só sobra o cachorro do Janó. Mas ele é só um cão de guerra, e eu pelo menos sou humano. Se vocês me perdoarem só esta vez e me aceitarem de volta, irei correndo participar da batalha hoje. Tenho certeza de que conseguirei me destacar no calor da batalha. E isso vai anular todos os meus erros. Peço que mande a resposta pela Maria, sobre se devo ir ou não. Se você disser que sim, eu estarei aí em um segundo, porque, enquanto a Maria está aí no grund *com vocês, eu estou aqui no número 5 da Rua Paulo, esperando a resposta no corredor. Permaneço seu verdadeiro amigo,*
Geréb.

Quando Boka terminou de ler a carta, sentiu que Geréb não estava mentindo e que realmente valia a pena aceitá-lo de volta. Então ele gesticulou para o ajudante Csele.

– Ajudante Csele, faça o sinal número três na corneta, o que significa que todos devem vir até o general.

– Qual é a resposta, por favor? – perguntou Maria.

– Aguarde um instante, Maria – respondeu o general, em tom de comando.

E a corneta gritou, ao som da qual em resposta os meninos timidamente ergueram-se atrás das pilhas de madeira. Estavam confusos com o chamado. Porém, vendo que seu general estava calmamente em seu posto, arriscaram-se a sair, e em um minuto o exército todo estava em formação, como antes. Boka leu para eles a carta de Geréb e perguntou:

– Devemos aceitá-lo de volta?

E os meninos, que afinal de contas eram meninos decentes, responderam em uma só voz:

– Sim.

Boka virou-se para a criada e disse:

– Diga a ele que venha imediatamente. Essa é a resposta.

Maria estava aturdida com a coisa toda, o exército, os bonés vermelhos e verdes, as armas… Saiu pelo portão por onde tinha entrado.

– Richter! – chamou Boka, quando estavam a sós.

Richter deu um passo à frente.

– Vou atribuir o Geréb a você – disse o general – e você vai vigiá-lo. Ao menor movimento suspeito, você deve prendê-lo imediatamente e trancá-lo no barraco do esloveno. Não creio que vá ser necessário, mas é sempre bom termos prudência. Descansar! Não haverá guerra hoje, conforme vimos por esta carta. Tudo que foi planejado para hoje será executado amanhã. Se eles não mudarem de planos, os nossos permanecerão os mesmos.

Ele estava prestes a continuar quando o portão, que não tinha sido trancado depois da partida da criada, foi aberto e Geréb, com o rosto iluminado de alegria, entrou como quem entra na Terra Prometida. Porém, ao ver o exército inteiro, sua expressão ficou séria. Ele foi até Boka e, diante de todos, levou a mão à aba do boné. Estava usando o boné vermelho e verde dos Meninos da Rua Paulo. Fez a saudação e disse:

– General, estou às suas ordens, senhor!

– Bom – disse Boka, sem cerimônia. – Você estará sob as ordens de Richter. Como soldado, por enquanto. Verei como você vai se comportar no dia da batalha, e então talvez possa reconquistar sua patente.

Com isso, ele se voltou para o exército:

– Eu os proíbo de comentar com Geréb qualquer coisa sobre o delito dele. Ele quer redimir sua falha e nós o perdoamos. Lembrem-se, nenhuma palavra de reprovação! Também proíbo Geréb de mencionar o assunto, que está agora encerrado.

No silêncio que se seguiu, os meninos pensaram, cada um com seus botões:

– Boka é mesmo um menino inteligente. Merece ser o nosso general.

Richter imediatamente se pôs a trabalhar e explicar a Geréb quais seriam seus deveres na guerra. Boka estava conversando com Csele. Enquanto os quatro estavam assim falando tranquilamente, a sentinela, que ainda estava montada na cerca, de repente recolheu a perna direita, que até então balançava para fora. Seu rosto estava alarmado quando ele gaguejou:

– General Boka... O inimigo se aproxima!

Com a velocidade de um raio, Boka saltou para o portão e o trancou. Todos olharam para Geréb, que estava mortalmente pálido, parado ao lado de Richter. Boka berrou para ele, furioso:

– Então, no fim das contas, você estava mentindo? Outra vez você mentiu!

Geréb estava atônito. Richter agarrou o braço dele.

– O que significa isso? – rugiu Boka.

Finalmente, Geréb balbuciou, com grande dificuldade:

– Talvez... Talvez eles tenham me visto na árvore... E decidido armar isso contra mim...

A sentinela espiou pela cerca outra vez, depois saltou, pegou a arma e assumiu seu lugar na formação, com os demais.

– Os camisas-vermelhas vêm vindo – ele anunciou.

Boka foi até o portão e o abriu. Corajosamente, deu um passo para fora. De fato, lá vinham os camisas-vermelhas. Mas só havia três deles. Os irmãos Pásztor e Szebenics. Ao verem Boka, Szebenics tirou de dentro da jaqueta uma bandeira branca, e agitou-a para Boka. De longe, gritou:

– Somos emissários!

Boka voltou para dentro do *grund*. Sentiu vergonha por ter acusado Geréb tão prontamente. Disse para Richter:

– Solte-o. São apenas emissários com uma bandeira branca. Desculpe-me, Geréb.

O pobre do Geréb suspirou de alívio. Quase tinha se metido em encrenca séria, inocentemente. E a sentinela foi repreendida também.

– E você – Boka gritou para ele –, trate de ter certeza do que está falando, antes de dar o alarme, seu burro assustado!

E para os outros comandou:

– Para os fundos, todos vocês. Escondam-se entre os montes de madeira. Só Csele e Kolnay ficam aqui comigo. Marchem!

O exército marchou em estilo verdadeiramente militar e logo sumiu, bem como Geréb, entre as pilhas de madeira. O último boné vermelho e verde desapareceu assim que se ouviu uma batida no portão. O ajudante o abriu, e os emissários do inimigo entraram. Todos os três vestiam camisas vermelhas e bonés vermelhos. Foram desarmados, e Szebenics segurava a bandeira branca no alto.

Boka sabia exatamente o que era adequado em um momento como aquele. Pegou a lança e a apoiou na cerca, para ficar desarmado também. Csele e Kolnay o imitaram em silêncio; de fato, Csele teve o zelo de retirar até a corneta e a colocar no chão.

O Pásztor mais velho se adiantou:

– Tenho a honra de falar com o comandante em chefe?

Csele respondeu:

– Sim. Ele é o general.

– Estamos aqui em uma missão – disse Pásztor –, e eu sou o porta-voz. Viemos em nome do nosso comandante em chefe, Feri Áts, para declarar guerra a vocês.

À menção do nome do chefe, a delegação bateu continência. Boka e seus auxiliares, por pura cortesia, também levaram as mãos aos bonés. Pásztor continuou:

– Nós não queremos surpreender o inimigo. Estaremos aqui pontualmente às três horas. Isso é tudo que queríamos dizer. Aguardamos sua resposta.

Boka percebeu que aquele era um momento solene. Sua voz tremeu ligeiramente, quando ele respondeu:

– Nós aceitamos seu desafio. Mas gostaria de deixar uma coisa claramente combinada. Eu não desejaria que isso degenerasse para uma luta suja.

– Nós também não – disse Pásztor, com expressão de poucos amigos, e, como era seu costume, baixou o queixo para o peito.

– Insisto – Boka continuou – para que existam no total apenas três formas de combate. Bombas de areia, socos limpos e esgrima com as lanças. Vocês conhecem as regras, certo?

– Sim.

– Qualquer um que encoste os dois ombros no chão, ao mesmo tempo, será considerado derrotado e não poderá voltar à batalha. Mas o mesmo camarada poderá participar das outras duas formas de combate. Podemos acordar isso?

– Sim.

– E as lanças não podem ser usadas nem para espetar nem para bater. Apenas para esgrima.

– Correto.

– E não podem ser dois contra um. Mas batalhão contra batalhão tudo bem, independentemente do número de membros. Vocês aceitam?

– Aceitamos.

– Então nada mais tenho a dizer.

Boka bateu continência. Csele e Kolnay, em posição de sentido, fizeram o mesmo. A delegação retribuiu a cortesia, e Pásztor falou de novo:

– Tenho uma pergunta a fazer. Nosso chefe me incumbiu de perguntar sobre a condição de Nemecsek. Ouvimos que ele está doente. Se estiver mesmo, temos ordens de lhe fazer uma visita. Ele se comportou com tanta bravura, quando esteve na ilha, que temos por ele o maior respeito.

– Ele mora na Rua Rakos. A casa é número 3. Ele está mesmo muito doente.

A informação foi seguida de uma continência. Szebenics suspendeu a bandeira branca de novo, Pásztor comandou "Marchem!" e os emissários marcharam pelo portão. Do lado de fora, ouviram o toque da corneta convocando o exército para junto do general de novo, para ser informado do que havia acontecido.

O trio dos camisas-vermelhas rapidamente marchou para a Rua Rakos. Pararam em frente à casa onde Nemecsek morava. Perguntaram a uma menininha no portão:

– Mora nesta casa uma pessoa chamada Nemecsek?

– Sim – disse a menininha, e os levou até a entrada de um pobre apartamento no térreo, onde Nemecsek morava. Do lado de fora da porta havia um pequeno cartaz azul com os dizeres: "Andras Nemecsek, alfaiate".

Os meninos entraram e educadamente informaram o objetivo da visita. A mãe de Nemecsek, uma senhora loira, baixa e bem magra, que lembrava muitíssimo o filho, ou vice-versa, conduziu-os até o quarto onde o soldado dos Meninos da Rua Paulo estava de cama. Também ali Szebenics levantou bem alto a bandeira branca. Também ali Pásztor atuou como porta-voz:

– Feri Áts manda seus cumprimentos e espera que você se restabeleça rapidamente.

O camaradinha loiro, que estava pálido e desgrenhado, sentou-se na cama. Sorriu alegremente e sua primeira pergunta foi:

– Quando vai ser a guerra?

– Amanhã.

Aquilo o entristeceu.

– Quer dizer que não poderei estar – ele disse, resignado.

A delegação inimiga nada teve a dizer quanto a isso. Um a um, eles trocaram apertos de mão com Nemecsek, e o soturno e feroz Pásztor pareceu profundamente comovido, quando disse:

– E eu peço seu perdão.

– Eu perdoo você – disse Nemecsek calmamente, e começou a tossir.

Ele se encostou no travesseiro, e Szebenics o ajeitou sob a cabeça dele. Então Pásztor disse:

– Agora, precisamos ir.

Mais uma vez o porta-bandeira suspendeu o pano branco, e os três saíram pela cozinha. Ali a mãe de Nemecsek disse, com lágrimas nos olhos:

– Vocês são todos... meninos tão queridos e bons... Porque mostraram tanta consideração pelo meu pobre filhinho. E por isso... por causa disso, todos os três vão ganhar um copo de chocolate quente...

Os três membros da delegação se entreolharam. Era muito sedutora a perspectiva de um copo de chocolate. No entanto, o porta-voz deu um passo à frente e dessa vez não baixou a bela cabeça morena sobre o peito, e sim, ao contrário, endireitou-a e disse, orgulhosamente:

– Não esperamos chocolate pelo que fizemos, senhora. Marchem!

E partiram.

8

O dia da batalha estava adoravelmente primaveril. Tinha chovido pela manhã, e na escola, durante o recreio, os meninos olharam pesarosamente pela janela. Estavam com medo de que o aguaceiro pudesse estragar seus planos. Mas por volta do meio-dia a chuva parou e o céu ficou lindamente claro. À uma hora, o doce sol de primavera brilhava em toda a sua radiância, as ruas estavam secas e, quando os meninos foram para casa, o ar estava bem morno; das colinas de Buda, a brisa trazia fragrâncias frescas. Era o melhor clima possível. A areia nas fortalezas também tinha ficado molhada com a chuva, mas já secara um pouco, de modo que as bombas estavam perfeitamente usáveis.

À uma hora todos ansiavam por ir para casa, e às quinze para as duas todo o agitado exército estava de volta ao *grund*. Alguns dos meninos tinham levado partes do almoço nos bolsos, e mastigavam. No dia anterior, eles não sabiam ao certo o que iria acontecer, mas a visita dos emissários do inimigo suavizara a agitação, substituída por expectativa. Agora eles sabiam quando esperar o inimigo e que tipo de embate seria. O sangue latejava de prontidão para começar a luta, e eles ardiam de vontade de combater.

Na meia hora anterior ao início das hostilidades, Boka subitamente fizera certas alterações nos planos. Quando os meninos se reuniram, foram surpreendidos pela descoberta de um fosso largo e profundo cavado entre as fortalezas 4 e 5. Os mais assustadiços imediatamente pensaram ser um ato do inimigo, e cercaram Boka:
– Você viu o fosso?
– Vi.
– Quem cavou?
– O Janó, hoje de manhã, por ordem minha.
– Para o que é?
– Nossos planos vão mudar um pouco.
Boka consultou suas anotações e chamou os comandantes das Divisões A e B.
– Estão vendo aquele fosso?
– Sim, senhor.
– Vocês sabem o que é uma trincheira?
Eles não estavam muito seguros. Boka esclareceu:
– Uma trincheira é um esconderijo para o exército. É de uma trincheira que, no momento adequado, o exército começa a luta. Nossos planos foram alterados. Vocês não vão ficar no portão da Rua Paulo. Decidi que não seria inteligente. Vocês e suas divisões inteiras vão se esconder naquela trincheira. Quando este flanco do inimigo tiver entrado pelo portão da Rua Paulo, as fortalezas vão começar imediatamente a bombardear. O inimigo vai se dirigir para a fortaleza, porque não vai ver a trincheira ali. Depois de eles estarem a cinco passos da trincheira, vocês vão levantar a cabeça para fora do fosso e de repente começar a saraivada de bombas de areia. Enquanto isso, as fortalezas continuarão a disparar contra eles. Daí vocês vão sair correndo da trincheira e se lançar contra o inimigo. Vocês não vão expulsá-los de imediato, vão esperar até nós os aniquilarmos na Rua Maria. Só quando escutarem o sinal de ataque da nossa corneta é que

devem persegui-los na direção do portão. Quando tivermos encurralado o inimigo no barraco, as tropas das fortalezas 1 e 2 vão correndo se juntar aos camaradas das outras fortalezas, e daí nossos rapazes da Rua Maria irão rapidamente ajudar vocês. Em outras palavras, vocês vão apenas contê-los, mantê-los afastados. Entendido?

– Sim.

– É quando darei o sinal para ataque. Seremos duas vezes mais numerosos que eles porque, a essa altura, metade do exército deles estará presa no barraco. Não há no regulamento nada contra sermos em maior número durante essa manobra. Apenas o combate individual é proibido no sistema de dois contra um.

Quando Boka terminou de falar, Janó foi até a trincheira e com uma enxada deu os toques finais. Em seguida, com um carrinho de mão, trouxe mais areia para preencher as falhas.

Enquanto isso, os que cuidavam das fortalezas trabalhavam diligentemente, ocupados no alto das pilhas de madeira. As fortalezas eram construídas de tal forma que apenas a cabeça dos meninos era visível atrás das tábuas. Suas cabeças subiam e baixavam, enquanto competiam no preparo das bombas de areia. Na crista de cada fortaleza, uma bandeira vermelha e verde tremulava ao vento; apenas a número 3, no canto, estava sem bandeira. A faltante fora levada por Feri Áts e não tinha sido substituída porque os meninos estavam decididos a recuperá-la.

Um propósito nobre, mas todos nós nos lembramos de que essa bandeira, que passou por tantas vicissitudes, fora vista pela última vez nas mãos de Geréb. Primeiro, foi Feri Áts quem a levou embora, e os camisas--vermelhas a mantiveram nas ruínas do Jardim Botânico. Dali ela foi levada por Nemecsek, cujas pegadas miúdas foram descobertas na terra. Depois, naquela noite memorável em que o loirinho de repente despencou, literalmente, sobre os camisas-vermelhas, os irmãos Pásztor arrancaram a bandeira da mão dele e mais uma vez ela foi levada para junto das machadinhas no arsenal secreto dos camisas-vermelhas. Então, na última vez, Geréb a levara como oferta de paz para os Meninos da Rua Paulo. Mas Boka lhe dissera francamente que não chegariam nem perto de tal bandeira, pois preferiam recuperá-la honradamente.

E assim, no dia anterior, logo depois que a delegação dos camisas-vermelhas foi embora, os Meninos da Rua Paulo despacharam uma delegação própria para levar a tão disputada bandeira de volta ao Jardim Botânico. Csele foi o porta-voz, com Weisz e Csónakos como demais membros. Csele levou uma bandeira branca, enquanto a bandeira vermelha e verde, embrulhada em jornal, foi carregada por Weisz.

Na ponte de madeira, foram abordados por uma sentinela:

– Alto! Quem vem lá?

Csele tirou a bandeira branca de dentro do casaco e a levantou. Mas não disse uma palavra. A sentinela pareceu não saber o que fazer em seguida, então outra sentinela gritou:

– Hip, hip, urra! Desconhecidos se aproximam!

Ao ouvir isso, o próprio Feri Áts foi até a ponte. Ele conhecia o significado de uma bandeira branca; recebeu a delegação.

– Vocês estão em uma missão?

– Sim.

– O que desejam?

Csele deu um passo à frente.

– Trouxemos de volta esta bandeira que vocês pegaram de nós. Estava em nossa posse outra vez, mas não a queremos desse jeito. Tragam-na para o campo de batalha amanhã, e tentaremos tirá-la de vocês. Se falharmos, será sua. Essa é a mensagem do nosso general.

Ele fez um sinal; Weisz a desembrulhou com elaborados salamaleques e lhe deu um beijo, antes de a entregar.

– Szebenics! – gritou Áts.

– Não se encontra! – disse uma voz atrás de umas árvores.

Csele falou:

– Ele esteve há pouco no nosso quartel-general.

– Correto – comentou Áts. – Eu havia me esquecido disso. Bem, então, que o guardião de armas assistente se apresente.

Uma das moitas de repente se abriu ao meio e o serelepe Wendauer correu até o chefe.

– Encarregue-se desta bandeira – ele disse – e guarde no arsenal.

Depois, virando-se para os meninos da Rua Paulo:

– Szebenics levará a bandeira para a guerra amanhã. Essa é a minha resposta.

Csele estava prestes a levantar a bandeira branca, como sinal de despedida, quando o chefe dos camisas-vermelhas falou de novo:

– Suponho que tenha sido Geréb quem levou a bandeira de volta para vocês.

Não houve resposta.

Áts fez a pergunta:

– Foi Geréb?

Csele bateu os calcanhares em posição de sentido.

– Não tenho autoridade para lhe contar! – ele disse, e depois se dirigiu aos companheiros. – Atenção! Avançar! Ma-a-a-archem!

E se afastou do chefe inimigo. Não é de admirar que Csele era conhecido como janota. Não era à toa que tinha fama de ser um almofadinha. Aquele gesto de sua parte tinha sido verdadeiramente elegante e soldadesco. Ele não se dispunha a delatar para o inimigo nem mesmo um traidor.

Naquele momento Feri Áts se sentiu ligeiramente superado. Wendauer continuava parado à frente dele, segurando a bandeira e boquiaberto. Furioso, o chefe lhe gritou:

– Está olhando o quê? Leve a bandeira para onde eu mandei!

Wendauer partiu pensando: "Esses Meninos da Rua Paulo são mesmo muito legais. É o segundo deles que tira do sério o Terrível Feri Áts!".

E foi assim que a bandeira vermelha e verde encontrou seu caminho de volta para os camisas-vermelhas. E era por isso que a fortaleza número 3 estava sem bandeira.

As sentinelas estavam empoleiradas na cerca. Uma sentada na cerca do lado da Rua Maria, outra do lado da Rua Paulo. Agora, de trás das pilhas de madeira, alheio a toda essa azáfama e a todo rebuliço, surgia a figura de Geréb. Ele foi até Boka, parou e bateu os calcanhares:

– General, peço permissão para dizer que tenho um pedido a fazer.

– O que é?

– Senhor, o senhor ordenou que eu fique responsável pela artilharia na fortaleza 3 porque ela fica no canto e é o lugar mais perigoso. E também porque lá falta a bandeira, que eu tinha trazido para cá.

– Sim. E o que é que você quer?

– Quero pedir para ser colocado em algum lugar que seja ainda mais perigoso. Na verdade, eu já troquei de lugar com o Barabás, que o senhor tinha mandado ficar na trincheira. Ele é um bom lançador e pode ser usado muito bem na fortaleza. E eu quero lutar abertamente, logo na linha de frente. Por favor, autorize-me a fazer isso.

Boka o analisou e disse:

– Geréb, você é um bom sujeito, no fim das contas.

– Então o senhor autoriza?

– Sim.

Geréb bateu continência, mas ficou onde estava.

– O que foi agora? – perguntou o general.

– Eu só queria dizer – respondeu o artilheiro, com certo constrangimento – que fiquei contente de ouvir "Geréb, você é um bom sujeito", mas que fiquei triste de ouvir "no fim das contas".

Boka sorriu.

– Não posso fazer nada quanto a isso. É culpa sua. Mas chega de sentimentalismos agora. Meia-volta volver, marche! Volte ao seu posto.

Geréb marchou. Alegremente ele rastejou para dentro da trincheira e sem perder tempo pôs-se a modelar bombas com a areia úmida. Uma figura enlameada se arrastou para fora da trincheira. Era Barabás. Ele perguntou a Boka:

– Você autorizou?

– Autorizei – respondeu o comandante em chefe.

Evidentemente, os meninos ainda estavam desconfiados de Geréb. Esse é o destino dos desleais: são alvo de suspeita mesmo quando dizem a verdade. Mas a pronta concordância do general dissipou qualquer vestígio de dúvida. Barabás escalou a fortaleza do canto, e quem estava embaixo viu quando ele bateu continência ao comandante lá em cima, apresentando-se para o serviço. No instante seguinte as duas cabeças sumiram atrás do parapeito. Eles também se ocupavam formando pilhas de bombas em formato de pirâmide.

Assim se passaram vários minutos. Para os meninos, pareceram horas. A impaciência era tamanha que exclamações como estas foram ouvidas:

– Vai ver eles mudaram de ideia!

– Eles estão com medo!

– Eles só estavam blefando!

– Eles não vão vir!

Pouco depois das duas horas, o ajudante de ordens percorreu todo o campo de batalha alertando para não fazerem ruído e ficarem atentos, porque o general estava prestes a fazer a última ronda de inspeção. Mal o ajudante entregou o recado ao último posto, Boka surgiu no primeiro. Estava calado e sério. Primeiro, passou em revista o exército da Rua Maria. Ali encontrou tudo nos trinques. As duas divisões estavam alinhadas de cada lado do portão. Os oficiais se adiantaram um passo.

– Muito bem – disse Boka. – Sabem o que fazer?

– Sim, senhor. Vamos fingir que estamos batendo em retirada.

– E depois... Um ataque pela retaguarda!

– Sim, general.

Em seguida, examinou o barraco. Abriu a porta e enfiou a grande chave enferrujada na fechadura de fora, girando algumas vezes para se certificar de que funcionava. Depois Boka inspecionou as três fortalezas. Havia dois homens em cada, com um bom suprimento de bombas de areia empilhadas em formação piramidal. A número 3 tinha três vezes mais bombas que as outras. Aquele era o reduto principal. Ali, ao verem o general, três artilheiros se puseram em posição de sentido. Bombas de reserva estavam guardadas nas fortalezas 4, 5 e 6.

– Não usem estas – disse Boka –, porque esta areia de reserva pode ser necessária aos artilheiros das outras fortalezas, caso eu ordene que eles venham para cá.

– Sim, senhor.

Na número 5, a tensão era tão grande que, quando o general chegou, um atirador exageradamente zeloso gritou:

– Alto! Quem vem lá?

Outro atirador lhe deu uma cotovelada nas costelas, e Boka o repreendeu:

– Seu burro! Não reconhece seu próprio general? – E acrescentou: – Esse é o tipo de gente que era melhor colocar logo de uma vez na frente do pelotão de fuzilamento!

O atirador, desentendido, estava morrendo de medo. Na hora não lhe ocorreu que não era provável que levasse um tiro por tão pouco. O próprio Boka não estava se importando muito, e isso era raro, se havia dito alguma bobagem.

– Rapaziada – ele falou alto e com entusiasmo –, esta guerra depende totalmente de vocês. Se vocês conseguirem conter o inimigo enquanto seus camaradas da Rua Maria fazem a parte deles, com certeza venceremos a batalha. E não se esqueçam disso!

Um rugido enérgico subiu da trincheira. As figurinhas agachadas estavam queimando de euforia. Estavam engraçadas, também, gritando a plenos pulmões e agitando os chapéus sem se levantarem da trincheira.

– Silêncio! – gritou o general, e foi para o centro do *grund*, onde Kolnay estava à espera, de corneta em mãos. – Ajudante!

– Às suas ordens!

– Precisamos encontrar um ponto de onde seja possível ver todo o campo de batalha. Generais geralmente assistem à guerra do alto de colinas. Assim sendo, vamos subir no telhado do barraco.

Em menos de um minuto eles estavam empoleirados em cima do barraco. Os raios de sol se refletiam com toda a força na corneta, e isso dava ao ajudante uma aparência particularmente marcial. Os artilheiros nas várias fortalezas chamaram atenção uns dos outros para o fato:

– Olhem...

E agora estavam sendo tirados do bolso de Boka os binóculos de ópera que com tanto destaque haviam participado da noite no Jardim Botânico. Jogou a alça por cima do ombro e nesse momento, exceto talvez por uma ou outra ligeira diferença externa, ele era como o grande Napoleão. Não havia como negar que era um general de guerra. E assim eles aguardaram.

Para a exatidão histórica, o tempo é de suma importância. Portanto desejamos reportar que exatamente seis minutos mais tarde o toque da corneta foi ouvido no lado da Rua Paulo. Em consequência, as divisões ficaram inquietas.

– Eles estão vindo! – a frase foi de boca em boca.

Boka ficou ligeiramente pálido.

– Agora – ele disse para Kolnay. – Agora o destino do território será decidido!

Pouco depois, ambas as sentinelas saltaram da cerca e correram para o barraco, em cujo telhado estava o general. Eles pararam e bateram continência.

– O inimigo vem vindo!

– A seus postos! – ordenou Boka, e os dois guardas correram para seus lugares. Um foi para a trincheira, o outro se juntou às forças da Rua Maria. Boka levou os binóculos ao rosto e calmamente disse para Kolnay:

– Leve a corneta à boca.

Kolnay obedeceu. Então Boka afastou de repente os binóculos dos olhos, seu rosto ficou corado e, em voz jubilosa, ordenou:

– Toque!

E o grito da corneta cortou os ares. Os camisas-vermelhas pararam nos dois portões do terreno. Os raios de sol cintilavam na ponta metálica de suas lanças; de blusas vermelhas e bonés vermelhos, eles pareciam demônios vermelhos. As cornetas deles também soaram o sinal para atacar, e agora o ar estava carregado de explosões de corneta. Kolnay soprava a dele incessantemente, nem por um segundo parou.

"Ta… tra… tratra…", vinham os repiques do alto do barraco.

Os binóculos de Boka estavam agora à procura de Feri Áts. Ele exclamou:

– Lá está ele… Feri Áts veio com as tropas enviadas para atacar pelo lado da Rua Paulo… Szebenics está com ele também… Carregando a nossa bandeira… Nossas tropas da Rua Paulo vão ter uma batalha difícil!

O mais velho dos Pásztor liderava os que chegavam pela Rua Maria. A bandeira vermelha deles vinha desfraldada. E as três cornetas mantinham o toque. Os camisas-vermelhas pararam no portão, as fileiras em formação cerrada.

– Estão aprontando alguma coisa – disse Boka.

– Que aprontem! – respondeu o ajudante, interrompendo-se por um instante, mas logo em seguida retomou o sopro, com seus pulmões incansáveis.

"Ta… tra… tratra…"

Então as cornetas do inimigo se calaram abruptamente. As tropas deles na Rua Maria explodiram em um grito de guerra exultante:

– Hip, hip, urra! Hip, hip, urra!

E eles passaram correndo pelo portão. Os nossos meninos os receberam abertamente por um instante, como se prontos a opor resistência. Mas no minuto seguinte deram meia-volta e saíram correndo atabalhoadamente, conforme havia sido recomendado pelo plano de batalha.

– Bravo! – Boka gritou.

Então ele se virou para a Rua Paulo. O exército de Feri Áts… não tinha passado pelo portão! Estavam ali parados, na rua em frente ao portão, como se tivessem criado raízes.

Boka teve um mau pressentimento.

– O que significa isso?

– É uma armadilha – disse Kolnay, tremendo.

Então eles olharam para a esquerda de novo. Nossos meninos ainda estavam correndo e os camisas-vermelhas gritavam em seu encalço. Boka, que até então observava com gravidade e apreensão a inatividade do exército pessoal de Feri Áts, de repente fez uma coisa sem precedentes em sua jovem carreira. Atirou o boné para o alto, gritou com todas as forças e começou a dançar no telhado do barraco, como se tivesse enlouquecido, e dançou com tanto vigor que o telhadinho frágil quase se abaulou sob seus pés.

– Estamos salvos! – ele gritou, e depois caiu sobre Kolnay e o abraçou e beijou; também insistiu em dançar com ele. O pobre ajudante não sabia o que estava acontecendo; em absoluta perplexidade, perguntou:

– O que está havendo? Qual o problema?

Boka apontou para o lugar onde Feri Áts e seu exército estavam imóveis:

– Está vendo aquilo?

– Sim.

– Bem, então, você não entende?

– Eu não.

– Ah, seu burro. Estamos salvos! Eles foram derrotados! Não consegue ver?

– Não, não consigo.

– Não está vendo que estão de pé, imóveis?

– Claro que vejo.

– Eles não vão entrar... Estão esperando.

– Sim, isso eu vejo.

– Por que você acha que eles estão esperando? Pelo quê? Eles estão esperando que o exército do Pásztor entre pela Rua Maria. E só depois disso eles vão atacar. Eu percebi na mesma hora, assim que ficou claro que eles não vão atacar em conjunto! Que sorte a nossa que o plano de guerra deles seja exatamente como o nosso. O objetivo deles é que o exército do Pásztor expulse nossos meninos pela Rua Maria, e eles vão atacar a outra metade juntos, Pásztor pela retaguarda e Feri Áts pela frente. Mas outra coisa os espera! Vamos!

E Boka começou a descer do telhado.

– Aonde você está indo?

– Apenas venha comigo. Não há nada para ver daqui, porque os sujeitos não vão nem se mexer. Vamos ajudar nosso exército da Rua Maria!

O exército da Rua Maria cumpriu seu dever admiravelmente. Os meninos se espalharam correndo por todo o lugar, em frente à serraria e ao redor das amoreiras. E fizeram isso com muita habilidade também, pois um foi ouvido gritando:

– Ai, ai!

– Agora nos lascamos!

– Estamos perdidos!

Os camisas-vermelhas continuaram a persegui-los em meio a gritos ensurdecedores. Agora Boka estava interessado principalmente em ver se o inimigo cairia na armadilha preparada pelos Meninos da Rua Paulo. Porque de repente nossos meninos desapareceram atrás da serra. Metade do exército entrou no galpão das carroças, metade foi para o barraco. Pásztor deu as seguintes ordens:

– Atrás deles! Peguem!

E os camisas-vermelhas correram enlouquecidos para trás do barraco.

– Toque a corneta – Boka gritou para Kolnay.

E a cornetinha soou de novo, sinalizando que as fortalezas dessem início à artilharia. Das três primeiras fortalezas chegaram os gritos triunfantes de vozes infantis agudas. Baques surdos foram ouvidos. Bombas de areia começaram a cruzar o céu. Boka estava corado, seu corpo inteiro tremia.

– Ajudante!

– Sim, senhor.

– Corra até a trincheira e diga a eles para ficarem sentados. Para aguardarem. Que não façam nada até que eu dê a ordem de ataque. E que as fortalezas da Rua Paulo devem esperar também!

O ajudante pôs-se a caminho. Ao se aproximar do barraco, lançou-se ao chão e rastejou sobre a barriga até chegar à trincheira. Agiu assim para não ser visto pelo inimigo estacionado no portão. Ele cochichou as ordens para o soldado que estava na ponta, e depois, tão silenciosamente quanto tinha ido, arrastou-se de volta para seu comandante.

– Está tudo bem – ele reportou.

Atrás do galpão havia muito barulho. Os camisas-vermelhas estavam sob a impressão de serem vitoriosos. Mas as três fortalezas mantinham um bombardeio vigoroso, e isso os impedia de escalar qualquer uma das fortificações. Na número 3, a famosa fortaleza mais externa, Barabás estava em mangas de camisa, lutando como um leão. Ele se concentrava em transformar em alvo o mais velho dos irmãos Pásztor. As macias bombas de areia voavam em rápida sequência contra a cabeça morena de Pásztor. E junto com cada bomba ia esta mensagem:

– Toma isto, meu velho!

A areia entupia os olhos e a boca de Pásztor e o fazia fungar de raiva.

– Eu vou pegar você! Espere e verá! – ele rugia.

– Pois venha! – gritava Barabás de volta, então fazia mira e lançava mais uma bomba, que entupia outra vez a boca do camisa-vermelha.

Grande era o entusiasmo em todas as fortalezas.

– Tome mais esta – continuou Barabás, divertindo-se imensamente.

Com as duas mãos, ele fez chover o restante das bombas sobre Pásztor. Seus companheiros também não demonstravam preguiça. A fortaleza do canto era uma alegria de se ver. Enquanto isso, os homens da infantaria estavam calados, reunidos no galpão e no barraco, aguardando ordens para atacar. Os camisas-vermelhas finalmente chegaram à base da fortaleza e travaram um combate encarniçado. Pásztor emitiu novas ordens:

– Pra cima dos montes de madeira!

– Bang! – gritou Barabás, e atirou mais uma bomba bem no nariz do chefe vermelho.

– Bang! – rugiram as outras fortalezas, adotando o mesmo grito de guerra, e atiraram uma verdadeira saraivada de areia sobre aqueles que tentavam escalar, vindos do chão.

Boka agarrou o braço de Kolnay.

– A areia está acabando – ele disse. – Consigo ver daqui. Até o Barabás está usando uma mão só, embora a fortaleza do canto tivesse três vezes mais areia que a outra...

E, realmente, começou a parecer que o bombardeio estava enfraquecendo.

– O que vamos fazer? – perguntou Kolnay.

Boka reconquistou a calma.

– Vamos ganhar!

Bem nessa hora, a fortaleza número 2 parou de disparar. Eles estavam claramente sem areia.

– Este é o momento certo! – Boka gritou. – Corra para o galpão e diga que ataquem!

Ele próprio correu para o barraco, escancarou a porta e ordenou:

– Atacar!

E as duas divisões começaram a ofensiva simultaneamente. Agiram na hora certa. Pásztor tinha conseguido plantar um pé dentro da fortaleza 2. Mas esses meninos recém-entrados na luta o agarraram e o arrastaram para trás. Os camisas-vermelhas ficaram desconcertados. Durante todo o tempo, eles tinham pensado que o exército fugitivo estava abrigado atrás das pilhas de madeira, e que as fortalezas tinham por objetivo impedir que o inimigo chegasse pelo meio dos montes de madeira. Mas, ora, ora, quem diria, de repente eles estavam sendo atacados exatamente pelo mesmo exército que havia fugido deles pouco antes...

Correspondentes de guerra que participaram de combates afirmam que o maior perigo é a confusão. Líderes militares nem de longe temem centenas de armas como temem a mais ligeira confusão, que, em geral em poucos minutos, pode se desdobrar em uma bagunça generalizada. E se exércitos muito bem armados podem se ver perigosamente enfraquecidos pela confusão, como se poderia esperar que um punhado de soldados a pé, vestindo camisas esportivas vermelhas, conseguiria evitar essa armadilha?

Eles estavam perdidos e desentendidos. No começo, nem lhes ocorreu que aqueles eram os mesmos meninos que, pouco antes, tinham desaparecido diante de seus olhos. Eles pensaram que eram tropas novas. Só mais tarde eles reconheceram alguns e entenderam a situação.

– De onde, diachos, eles saíram? – gritou Pásztor, quando duas mãos poderosas agarraram sua perna e o arrastaram para longe da fortaleza. Boka também estava na luta. Ele particularizou um camisa-vermelha e o arrastou para uma luta corpo a corpo. Devagar, mas com inteligência, ele conseguiu empurrar o adversário na direção do barraco. O camisa-vermelha, percebendo que não era páreo para Boka, deu uma rasteira no inimigo. Alguns meninos no alto das pilhas de madeira estavam por acaso assistindo àquele combate individual; o sentimento deles foi de ultraje, e eles começaram a protestar:

– Que vexame!

– Ele passou uma rasteira!

Boka, apesar de caído, não ficou no chão por muito tempo. Rapidamente ele se levantou e gritou:

– Você não está lutando com ética! Você sabe que rasteira é contra as regras!

Ele gesticulou para Kolnay e ambos carregaram o camisa-vermelha, que se debatia, para dentro do barraco. Boka trancou a porta e depois disse, ofegando:

– Ele foi burro. Se tivesse lutado honestamente, eu não teria conseguido derrubá-lo. Mas, do jeito que foi, nós tivemos o direito de abordá-lo juntos.

Mais uma vez ele voltou para a refrega, onde a maioria dos meninos estava emparelhada. A pouca areia que restava nas duas primeiras fortalezas foi usada no bombardeio "chumbo grosso" contra o inimigo. As fortalezas que davam vista para a Rua Paulo estavam em silêncio. Era um caso de espera vigilante.

Kolnay estava prestes a começar uma luta com alguém quando Boka o chamou rispidamente.

– Não faça isso! Vá dizer aos rapazes da 1 e da 2 para irem para a 4 e a 5.

Com os cotovelos, Kolnay abriu caminho pela massa de gente e entregou a ordem do comandante. Imediatamente depois, as bandeiras daquelas duas fortalezas sumiram; os meninos as levaram junto para a nova linha de batalha.

Gritos de vitória se seguiam em rápida sucessão. Mas o mais alto deles soou quando Csónakos pegou Pásztor, precisamente o terrível e invencível Pásztor, e o puxou para o barraco. No minuto seguinte, a fúria impotente de Pásztor foi ouvida esmurrando a porta – pelo lado de dentro, é claro.

Isso criou um verdadeiro furor. Os camisas-vermelhas começaram a perceber que estavam derrotados. Suas cabeças ficaram completamente fora de controle, agora que seu líder havia desaparecido. A única esperança que tinham, então, era a possibilidade de Feri Áts e sua divisão redimirem aquela desgraça. Enquanto isso, um camisa-vermelha após o outro era arrastado para o barraco, em meio a gritos recorrentes de triunfo, que devem ter chegado até o inimigo estacionado no portão da Rua Paulo.

Feri Áts, que tinha ficado andando de um lado a outro em frente à tropa em formação, sorriu orgulhoso:

– Estão ouvindo? Logo receberemos o sinal.

Na imaginação dos camisas-vermelhas, logo a divisão de Pásztor iria derrotar o inimigo pelo lado do portão da Rua Maria, uma corneta transmitiria essa informação para Áts, e em seguida os dois juntos fariam um ataque combinado. No entanto, naquele momento, o pequeno Wendauer, que era o corneteiro de Pásztor, estava bufando nas paredes do barraco, e a cornetinha repousava, calada, na fortaleza 3, junto com outros troféus de guerra.

Enquanto tudo isso estava acontecendo perto do galpão, Feri Áts orientava tranquilamente seu exército para que tivesse calma.

– Tenham paciência. Assim que a corneta soar, avançaremos com força total!

Mas o longamente ansiado toque da corneta não vinha. Os rugidos foram ficando cada vez mais fracos; na verdade, soavam abafados como se chegassem de algum distante lugar fechado... E, quando as duas divisões de bonés vermelhos e verdes levaram o último camisa-vermelha para dentro do barraco, comemorando o evento com o urro mais estrondoso que jamais se ouviu no *grund*, surgiu na tropa de Feri Áts uma certa inquietação. O caçula dos Pásztor saiu da formação e arriscou:

– Eu acho que alguma coisa deu errado.

– Por que acha isso?

– Porque não parece nem um pouco o grito dos nossos. Só escuto vozes estranhas.

Feri Áts se aprumou. Ele também desconfiava tratar-se de música de gargantas desconhecidas. Mas fingiu calma.

– Tenho certeza de que não há problema nenhum. Eles estão simplesmente combatendo em silêncio. São os Meninos da Rua Paulo que estão fazendo toda essa algazarra, e isso é por estarem em apuros.

Nesse instante, como que para contradizer Feri Áts, um "Urra!" inequívoco chegou do lado da Rua Maria.

– Com mil diabos! – exclamou Feri Áts. – Isso pareceu mesmo uma comemoração!

Nervosamente, Pásztor disse:

– O sujeito que está em apuros não costuma comemorar. Talvez não devêssemos ter tanta segurança da vitória do meu irmão, afinal...

E Feri Áts, que era um rapaz sensato, de repente se deu conta de que não havia planejado o combate direito. Na verdade, tinha a sensação de que o erro estúpido que cometera acabaria por lhe custar uma derrota humilhante, pois agora teria de enfrentar, com uma divisão, todo o exército dos Meninos da Rua Paulo. Sua última esperança, o som da corneta que com tanta impaciência aguardavam, desvaneceu.

Mas uma corneta soou, sim. Um toque desconhecido, cujo objetivo era informar às tropas de Boka que o último dos soldados de Pásztor estava trancado em segurança, e que agora deveriam esperar um ataque vindo da área do *grund*. Ao som daquele toque, o exército da Rua Maria se dividiu em dois. Uma divisão apareceu perto do barraco, e a outra na fortaleza número 6. Suas roupas estavam um bocado esfarrapadas, mas seus olhos brilhavam de alegria triunfal, e todos se sentiam avivados, no calor de uma batalha vitoriosa.

Feri Áts não tinha mais nenhuma dúvida de que o exército de Pásztor tinha sido derrotado. Por um instante ou dois, ele encarou, desafiador, as duas divisões surgidas pouco antes, mas em seguida ele se virou para o Pásztor mais novo e perguntou, um tanto agitado:

– Mas, se eles foram derrotados, onde diabos se meteram? Se foram expulsos para a rua, por que não correram para se juntar a nós?

Eles observaram a Rua Paulo, e Szebenics correu pela Rua Maria. Mas não havia ninguém à vista. Uma carroça que levava tijolos passava, e uns poucos pedestres.

– Nem uma alma em lugar nenhum! – reportou Szebenics, em desespero.

– O que pode ter acontecido a eles?

E nisso ele se lembrou do barraco.

– Ora essa, eles devem estar presos – ele berrou, fora de si de tanta raiva. – Eles derrotaram os nossos e os trancaram dentro do barraco!

O contraste com o momento anterior agora servia de confirmação. Um ruído abafado vinha da direção do barraco. Os cativos estavam batendo nas paredes com os punhos. Mas em vão. O pequeno barraco, por acaso, tinha tomado o partido dos Meninos da Rua Paulo, dessa vez, e se recusava a ser despojado de sua porta ou de qualquer outra parte. Aguentou firme todos os socos. E os prisioneiros improvisaram um concerto infernal, esperando que o barulho atraísse a atenção do exército de Feri Áts. O coitado do Wendauer, privado de sua corneta, fez um megafone com as mãos e por ali gritou com toda a força.

Feri Áts virou-se para seu exército.

– Meninos, o Pásztor perdeu a luta! Cabe a nós resgatar a honra dos camisas-vermelhas! Avante!

E tal como estavam, em uma única linha sólida, eles marcharam para dentro do terreno e rapidamente se lançaram ao ataque. Mas Boka estava de volta ao telhado do barraco, e Kolnay com ele. Em uma voz que soou clara e límpida acima da música barulhenta e infernal produzida por aqueles dentro do barraco, ele gritou:

– Toque a corneta! Atacar! Fortalezas, disparem!

Os camisas-vermelhas, entrando de cabeça na corrida rumo às trincheiras, estancaram subitamente. Estavam sob o pesado bombardeio que partia de quatro fortalezas. Por um instante, ficaram cegos com a avalanche.

– Reservas, avançar! – gritou Boka.

Os soldados de reserva correram adiante, bem para o centro do furacão de areia, para a linha de ataque. A infantaria continuava imóvel, agachada nas trincheiras, esperando sua vez. E do alto das fortalezas caíam bombas e mais bombas, não raramente atingindo as costas de um menino da Rua Paulo.

– Não faz mal! – eles gritavam. – Ataquem!

O resultado desse bombardeio foi uma tremenda nuvem de poeira. Para onde quer que os meninos corressem para escapar do fogo amigo, eles apanhavam montes de areia seca e atiravam no inimigo. No centro do *grund*, mal e mal a vinte passos das trincheiras, dois exércitos entrelaçados combatiam em uma luta frenética; aqui e ali um camisa-vermelha ou um boné vermelho e verde se destacavam em meio à tempestade de areia.

Mas os nossos meninos estavam consideravelmente cansados, ao passo que o exército de Feri Áts combatia depois de ter descansado. De vez em quando, por um ou dois segundos, parecia que os combatentes estavam se aproximando das trincheiras, o que significava que as forças de defesa não tinham conseguido conter os camisas-vermelhas. Mas quanto mais perto eles chegavam, mais fácil ficava para os artilheiros acertar a pontaria. Mais uma vez, Barabás se concentrou no chefe. Dessa vez era em Feri Áts que ele jogava as bombas.

– Não se importem com elas! – gritou Feri Áts. – É só areia! Vão atrás dos outros!

Ele estava lá em cima, na fortaleza, como um pequeno gnomo de mãos hábeis, rindo e gritando impetuosamente enquanto se abaixava, na velocidade de um raio, para pegar mais bombas. Os soldados reservas de Feri Áts também tinham levado areia em saquinhos. Mas não conseguiam usar, porque todas as mãos eram necessárias na linha de frente da batalha. Assim sendo, eles largaram os saquinhos para trás.

Enquanto isso, ouviam-se os sons excitantes e animadores das duas cornetas: a de Kolnay no telhado do barraco, a do Pásztor caçula no meio do tumulto do combate. Eles estavam agora a menos dez passos das trincheiras.

– Agora, então, Kolnay, mostre do que você é capaz! – incentivou Boka. – Desça para as trincheiras, ignore as bombas e toque o sinal ali. Que comece a artilharia nas trincheiras, e diga a eles que saiam correndo quando a areia deles acabar!

– Epa! Deixa comigo! – gritou Kolnay, e saltou do telhado.

Ele não rastejou dessa vez: pelo contrário, de cabeça erguida ele correu para a trincheira. Boka chamou por ele, mas sua voz se perdeu no barulho da revolta infernal sob seus pés e em meio aos toques incessantes das cornetas e pela confusão armada pelas tropas de Feri Áts. De modo que Boka meramente ficou observando Kolnay, para ver se sua ordem chegaria às trincheiras antes que os camisas-vermelhas descobrissem os que ali estavam escondidos.

Ele viu um vulto grande emergir do meio dos combatentes e saltar sobre Kolnay. O camarada agarrou a mão de Kolnay e começou a lutar com ele. Havia frustração no ar. Kolnay não conseguiria cumprir sua missão.

– Eu mesmo irei – disse Boka, desesperado, saltando do barraco e saindo em disparada na direção das trincheiras.

– Alto! – rugiu Feri Áts.

Parar teria significado uma contenda física com o chefe dos camisas-vermelhas, e isso parecia arriscado. Então Boka continuou correndo para as trincheiras.

– Seu covarde! – ele gritou para Boka. – Está fugindo de mim! Mas vou pegar você, não tenha dúvida!

E realmente ele o pegou, exatamente no instante em que Boka pulou para dentro da trincheira. Ele só teve tempo de gritar:

– Disparar!

Feri Áts deu de cara com uma salva de aproximadamente dez bombas frescas. Elas cobriram sua camisa vermelha, seu boné vermelho e seu rosto vermelho.

– Vocês são o diabo! – ele gritou. – Atirando de debaixo da terra, agora?

Mas o ataque a bombas estava se desenrolando ao longo da linha inteira. As bombas eram atiradas de cima, das fortalezas, e de baixo, das trincheiras. Foi uma verdadeira tempestade de areia misturada a novos sons. A trincheira, até então obrigada ao silêncio, tornou-se articulada. Boka decidiu que estava mais que na hora de fazer um movimento decisivo. Pôs-se de pé no início da linha, a pouco mais de dois passos de onde Kolnay estava lutando com um camisa-vermelha. Boka se posicionou na borda da trincheira e emitiu suas ordens finais:

– Atacar com força total! Avançar!

E realmente pareceu como se um exército novinho em folha emergisse do subsolo. Atacaram em passo acelerado e evitaram escrupulosamente o combate individual. Cerraram fileiras e correram na direção dos camisas--vermelhas para afastá-los da trincheira.

De uma das fortalezas chegou o grito de Barabás:

– Acabou a areia!

– Desçam aqui! Ataquem! – foi a resposta imediata de Boka.

Imediatamente, mãos e pés foram vistos descendo como enxames pelas paredes da fortaleza; os artilheiros se juntaram aos companheiros. Formaram uma segunda fileira compacta e assumiram seu posto diretamente atrás dos outros.

A luta estava agora em uma escala desesperada. Os camisas-vermelhas, sentindo a derrota iminente, deixaram de cumprir as regras; as regras valiam desde que a vitória estivesse à vista. Mas agora eles estavam ignorando tais formalidades.

Era uma situação perigosa. Lutar sem regras dava aos camisas-vermelhas o controle da situação, embora numericamente eles fossem inferiores aos Meninos da Rua Paulo.

– Para o barraco! – rugiu Feri Áts. – Libertar os nossos!

E toda a massa ondulante, como se de repente rolasse como uma onda, começou a avançar rumo ao barraco. Isso pegou de surpresa os Meninos da Rua Paulo. Os camisas-vermelhas escaparam de suas mãos. Como o prego que subitamente se curva sob o golpe do martelo, foi assim que a linha de ataque subitamente se curvou para a esquerda. Feri Áts, avançando furiosamente, corria na frente; a esperança da vitória soava em sua voz:

– Venham comigo!

Mas ele estancou de repente, pois naquele momento algo pareceu rolar até seus pés. Uma frágil figura infantil saltou em sua direção, saída da traseira do barraco. O chefe dos camisas-vermelhas se assustou, e os ferozes combatentes que o seguiam se empilharam atrás dele com uma trombada.

O menininho parou diante de Feri Áts, um camarada uma cabeça mais baixo que ele. Uma criança loira, magra, levantou as mãos em protesto e com voz fina gritou:

– Alto!

O exército da Rua Paulo, que tinha desanimado por causa da súbita reviravolta da luta, explodiu em um espontâneo "Nemecsek!".

E a criança miúda e clarinha de repente agarrou o grandalhão do Feri Áts e com um esforço sobre-humano, nascido da febre e do delírio, jogou o estupefato líder no chão, em grande estilo. Em seguida ele mesmo desabou, caindo desmaiado sobre o corpo estirado de sua vítima.

Foi a gota de água que lançou os camisas-vermelhas no caos completo. A queda de seu líder era como terem a cabeça arrancada: seu destino estava selado. Os Meninos da Rua Paulo tiraram vantagem daquela falta de cabeça temporária. Eles se deram as mãos, formando uma enorme corrente, com a qual exerceram uma pressão terrível sobre o inimigo e os pressionaram para a saída.

Feri Áts se levantou, cambaleante, e olhou ao redor com olhos acesos de raiva e uma expressão aturdida. Espanou a areia das roupas e descobriu que tinha sido abandonado. Seu exército estava sendo empurrado cada vez mais para trás, na direção do portão; seus soldados estavam misturados ao inimigo vitorioso, enquanto ele estava ali, de pé, sozinho e derrotado.

No chão, ao seu lado, estava Nemecsek caído.

Quando o último dos camisas-vermelhas tinha sido expulso pelo portão, e o portão fechado atrás dele, a embriaguez da vitória se refletia em todos os rostos. Comemorações exultantes e incessantes encheram o ar. Boka correu até as proximidades do galpão da serraria, acompanhado do vigia. Trazia água.

Então o exército todo se concentrou em Nemecsek, derrubado. Um silêncio mortal substituiu o júbilo. Feri Áts ficou de lado, observando os vitoriosos, muito mal-humorado. Os que tinham estado presos no barraco continuavam correndo para salvar a pele.

Mas quem se importava com eles, agora?

Com todo o carinho, Janó levantou o corpo inerte de Nemecsek e o apoiou na encosta da trincheira. Em seguida alguém molhou os olhos do rapazinho, a testa e as faces. Passados alguns minutos, Nemecsek abriu os olhos. Sorrindo meio zonzo, ele olhou ao redor; todo mundo estava calado.

– O que aconteceu? – ele perguntou baixinho.

Mas estavam todos tão emocionados que ninguém pensou em responder. Ficaram olhando para ele, assombrados.

– O que aconteceu?

Então Boka se curvou sobre ele:

– Está se sentindo melhor?

– Estou.

– Você está ferido?

– Não – ele sorria. Então perguntou: – Nós vencemos?

Aquilo não apenas quebrou o silêncio mas levou o exército inteiro a responder em uníssono. O grito da vitória soou em todas as bocas:

– Sim, nós vencemos!

Ninguém parecia preocupado com o fato de que Feri Áts continuava por ali, de pé ao lado de uma pilha de madeira, testemunha sombria e ressentida daquele júbilo familiar dos Meninos da Rua Paulo.

Boka tomou a palavra de novo:

– Sim, nós vencemos, mas quase fomos derrotados, perto do fim. Devemos a você que as coisas tenham dado certo. Se você não tivesse aparecido de repente entre nós e pegado Feri Áts de surpresa, eles poderiam ter libertado os prisioneiros, e daí sabe-se lá o que teria acontecido.

O loirinho pareceu se irritar com esse comentário.

– Não é verdade. Você só está dizendo isso para me fazer sentir bem, porque estou doente.

E alisou a testa. Agora que o sangue tinha voltado a seu rosto, agora que estava corado de novo, era evidente que ele estava sendo consumido pela febre.

– Agora – disse Boka –, nós vamos levar você direto para casa. Foi uma loucura você ter vindo. Não entendo como seus pais deixaram.

– Eles não deixaram. Mas eu vim mesmo assim.

– Como?

– Meu pai saiu para levar um terno para um cliente provar. Minha mãe foi até a vizinha esquentar minha sopa. Ela não trancou a porta e me disse para gritar se quisesse alguma coisa. Foi assim que fiquei sozinho. Sentei na cama e fiquei ouvindo. Mas não ouvi nada. Mas parecia que eu estava escutando alguma coisa. Tinha nos meus ouvidos um zumbido como trote de cavalo, uma corneta e uma porção de outros sons. Escutei a voz do Csele, como se ele dissesse: "Venha, Nemecsek, estamos em apuros!", daí ouvi você gritar: "Não venha, Nemecsek, não queremos você, você está doente. Você bem que gostava de vir jogar gude e de outras brincadeiras, mas, agora que estamos lutando e perdendo a batalha, você se recusa a vir!". Isso foi o que ouvi você dizer, Boka. Bom, daí eu pulei da cama. Emborquei e caí, porque fiquei deitado tanto tempo que estava muito fraco. Mas consegui me levantar e tirar minha roupa do armário e os sapatos também, e me vesti bem depressa. Já estava pronto quando a minha mãe voltou. Ouvi os passos dela e me enfiei na cama, de roupa e tudo, e me cobri até a boca, para que ela não visse nada. Daí a minha mãe disse: "Eu só vim perguntar se você precisa de alguma coisa"; eu respondi que não e ela saiu de novo. Um pouquinho depois eu saí de casa de fininho. Mas não sou um herói. Não sabia que minha vinda era tão importante. Eu só vim para lutar com vocês. Mas, quando botei os olhos no Feri Áts, de repente me lembrei de que a razão para eu não poder estar com vocês era que ele tinha me dado aquele caldo gelado. Aquilo me deu uma raiva danada e eu falei para mim mesmo: "É sua chance, Ernie, é agora ou nunca", daí eu fechei os olhos e... e... ataquei...

Ele falou com tanto fervor que ficou exausto. Começou a tossir.

– Não diga mais nada – disse Boka –, você vai terminar a história outra hora. Agora, nós vamos levar você para casa.

Depois disso, com a ajuda de Janó, eles soltaram os prisioneiros um a um. Todas as armas foram confiscadas. Individual e tristemente os camisas--vermelhas cambalearam para fora do terreno pela saída da Rua Maria. A pequena chaminé preta pareceu baforar e vomitar de escárnio. Até a serra guinchou sua despedida desdenhosa, como se para declarar solidariedade ao exército da Rua Paulo.

Feri Áts continuava imóvel, encostado a uma pilha de madeira, os olhos baixos. Kolnay e Csele se aproximaram dele para recolher suas armas. Mas Boka proibiu:

– Não toquem no general.

E dizendo isso ele pôs-se à frente de Feri Áts:

– General – Boka disse –, você combateu como um herói!

O camisa-vermelha encarou pesarosamente o vencedor, como se dissesse: "De que me adiantam seus elogios, agora?".

Boka bateu os calcanhares e ordenou:

– Saúdem!

Aquilo pôs um fim à tagarelice. Os Meninos da Rua Paulo tocaram os bonés. Diante deles estava Boka, também com a mão levada à aba. O lado soldado do pobre Nemecsek foi levado a responder. Com algum esforço ele se levantou e, depois de superar o desequilíbrio e se firmar, entrou em posição de sentido e bateu continência o melhor que pôde. Prestou seus respeitos precisamente ao camarada que havia provocado sua grande enfermidade.

E Feri Áts, depois de retribuir os cumprimentos, partiu levando suas armas. Foi o único a quem permitiram fazer isso. O restante das armas, as famosas lanças com pontas prateadas e as machadinhas indígenas, amontoavam-se em uma pilha na frente do barraco. E na fortaleza 3 tremulava a bandeirinha reconquistada. Tinha sido Geréb quem, na mais encarniçada das lutas, havia tirado a bandeira das mãos de Szebenics.

– O Geréb está aqui? – perguntou Nemecsek, de olhos arregalados.

– Sim – respondeu o próprio Geréb, dando um passo à frente.

O menino com cabelos cor de areia olhou inquisitivamente para Boka, que disse:

– Sim, ele está de volta conosco e combateu bem. Eu o declaro restituído ao posto de primeiro-tenente.

Geréb corou.

– Obrigado – ele disse, e depois acrescentou, com tranquilidade –, mas...

– Mas o quê?

Geréb parecia um pouco confuso, quando respondeu:

– Sei que eu não tenho o direito de fazer isso, porque cabe ao general, mas... Acho... Sei que o Nemecsek ainda é soldado raso.

Fez-se silêncio. Geréb estava certo. No meio de tanta agitação, todos se esqueceram de que tinha sido ele quem, pela terceira vez, havia salvado a reputação do grupo, e ainda era um mero soldado raso.

– Você tem razão, Geréb – Boka anunciou. – Faremos algo a respeito imediatamente. Eu nomeio...

Mas Nemecsek interrompeu:

– Eu não quero que você me nomeie... Eu não fiz por isso... Não foi o motivo de eu vir...

Boka assumiu uma expressão severa. Ele gritou para Nemecsek:

– Não importa por que você veio, o que importa é o fato de que você estava aqui e o que você fez quando estava aqui. Eu promovo Ernó Nemecsek à patente de capitão.

– Urra!

A aprovação saiu aos gritos de todas as gargantas. E todos saudaram o novo capitão, até mesmo os primeiros e segundos-tenentes. Na verdade, o primeiro cumprimento foi do próprio general, que levou a mão ao boné tão rápido e com tanta energia que alguém poderia pensar que suas patentes eram opostas.

Alguém de repente reparou que uma mulher franzina e mal agasalhada estava passando atrás deles no *grund*, e agora se postava à frente do grupo.

– Meu Deus! – ela gritou. – Então foi para cá que você veio? Bem que eu achei que o encontraria aqui!

Era a mãe de Nemecsek. Estava chorando, porque estivera buscando em toda parte o filho doente, e fora até lá na esperança de que os meninos pudessem lhe dar uma pista. Os meninos a rodearam e tentaram acalmá-la. Com toda a ternura, a pobre mulher enrolou o cachecol no pescoço do filho e o pegou para levar para casa.

– Vamos acompanhá-los! – disse Weisz, que tinha ficado calado até então.

– Sim, vamos! – gritaram todos os outros, e imediatamente começaram a recolher as coisas.

As armas confiscadas como butim foram atiradas às pressas dentro do barraco, e na sequência eles seguiram como um enxame a mulherzinha patética, que mantinha o filho tão apertado junto a si como se quisesse infundir no sangue dele o calor do próprio corpo frágil.

Na Rua Paulo, os meninos se dividiram em dois cortejos no mesmo passo, e seguiram Nemecsek e a mãe bem de perto. O lusco-fusco já tinha baixado seu manto. A iluminação pública estava sendo acesa, e fachos brilhantes de luz, das portas e vitrines das lojas, eram lançados sobre os meninos.

Vez por outra, transeuntes paravam para observar aquela estranha procissão, liderada por uma mulher baixa, magra, loira e cansada, com os olhos úmidos, abraçando um menininho de quem só o nariz era visível acima do cachecol, e atrás deles um batalhão de meninos marchando em duas fileiras, ao estilo militar, com bonés vermelhos e verdes.

Outros não continham um sorriso. Aqui e ali, algum valentão dava risada do espetáculo. Mas os meninos não se importavam nem um pouco. O próprio Csónakos, que sob condições normais teria pronta e intensamente se ressentido daquele ridículo, avançava calmamente, sem dar a menor atenção aos comentários levianos de crianças que não sabiam de nada. O momento era de tal seriedade e solenidade que os meninos se recusavam a ser incomodados até pelo mais atrevido dos desordeiros.

Por sua vez, a mãe de Nemecsek estava absorta demais na própria angústia para se perturbar com o exército que vinha atrás. Mas ela precisou parar à força, ao chegar ao portão de sua casinha na Rua Rakos; o filho se curvara e se recusava a ser carregado para dentro de casa. Ele se desenroscou dos braços da mãe e ficou de pé na frente dos meninos.

– Até logo – ele disse.

Um a um, todos o cumprimentaram. A mão dele estava queimando. Depois, no braço da mãe, ele desapareceu pela entrada da casa. Ouviu-se uma porta sendo fechada no jardim, uma luz se acendeu em uma das janelas. Depois, só o silêncio.

Logo ficou escuro e nenhum dos meninos tinha movido um músculo para se afastar da casa. Nenhuma palavra foi trocada. Eles meramente espiavam e observavam o jardim, até a janela iluminada atrás da qual o pequeno herói estava sendo posto de volta na cama. Finalmente, um deles soltou um suspiro pesaroso. Csele disse:

– E agora?

Aquilo quebrou o encanto. Aos pares e trios, eles partiram pela Avenida Üllöi abaixo, já escura. Todos estavam cansados agora, exauridos pelo esforço da batalha. Um vento frio, um vento cortante de primavera, varreu a rua, soprando do alto das colinas o hálito gelado da neve que derretia.

Um grupo foi para baixo no sentido da região de Francistown. No fim, apenas Boka e Csónakos continuaram na frente do portão. Csónakos estava inquieto, esperando que Boka fosse embora. Mas, uma vez que o chefe da Rua Paulo não se mexia, ele humildemente disse:

– Você vem?

Boka respondeu, tranquilamente:

– Não.

– Vai ficar?

– Sim.

– Bem, então... tchau.

E então também ele partiu lentamente, quase arrastando os pés. Boka o observou e viu que ele frequentemente virava a cabeça; depois, sumiu em uma esquina. E a Rua Rakos, que era acanhada demais para, estando ao lado da Avenida Üllöi, nutrir pretensões de se destacar pela presença de bondes, quedou silenciosa no escuro. Apenas o vento soprava por ela, sacudindo com força os painéis de vidro dos postes de iluminação a gás. Uma rajada ocasional, mais violenta que as outras, fazia vibrar os painéis todos, como se as chamas trêmulas e bruxuleantes estivessem misteriosamente mandando sinais umas às outras. O único ser humano na rua, naquele momento, era János Boka, o general. E, quando o general János Boka olhou ao redor e percebeu que estava completamente sozinho, seu coração foi tão apertado por um sentimento estranho que János Boka, o general, apoiou-se no portão e irrompeu em lágrimas verdadeiramente amargas e sentidas.

– Meu companheirinho... Meu precioso companheirinho... Meu doce pequeno capitão...

Um homem vinha passando e perguntou asperamente:

– Qual é o problema, jovem?

Mas Boka não respondeu. O homem deu de ombros e foi embora. Depois veio uma mulher pobre, carregando uma grande cesta. Ela também parou, mas nada disse. Observou Boka por um momento e depois retomou a caminhada. Depois disso veio um homenzinho enrugado e entrou pelo portão. Então virou-se para trás e reconheceu o menino:

– É você, János Boka?

Boka olhou para ele e disse:

– Sim, senhor Nemecsek.

O alfaiate franzino trazia um conjunto de roupas no braço. Ele tinha ido até Buda para provar nos clientes alguns trajes alinhavados. Mas esse homem compreendeu Boka. Ele nem perguntou "Qual é o problema, jovem?" nem ficou encarando. Em vez disso, voltou, pôs um braço em volta da cabecinha inteligente de Boka e praticamente competiu com ele no derramamento de lágrimas. Tanto foi assim que aquilo despertou em Boka um sentimento de generalato.

– Não chore, senhor Nemecsek – ele disse ao alfaiate.

Nemecsek sênior enxugou os olhos com o punho e fez um gesto de desespero mudo. Ele parecia dizer: "De qualquer modo, não há o que fazer agora. Pelo menos chorar me deu algum alívio".

– Deus o abençoe, meu rapaz – ele disse ao general. – E agora, já para casa.

E reentrou no jardim.

Agora também Boka enxugava os olhos e suspirava. Olhou a rua ao redor e estava prestes a ir para casa. Mas alguma coisa parecia detê-lo. Ele sabia muito bem que não poderia ser útil, mas ainda assim sentia ser seu dever sagrado permanecer ali, ficar como guarda de honra na casa de seu soldado à beira da morte. Ele andou de um lado a outro algumas vezes, em frente ao portão, depois atravessou para o lado oposto da rua e ficou observando a modesta casa.

Agora ouvia passos se aproximando no silêncio da rua deserta. "Um trabalhador voltando para casa", ele pensou, e com a cabeça baixa continuou andando pela calçada. Sua mente estava cheia de todo tipo de pensamento estranho, que nunca lhe havia ocorrido antes. Vida e morte ocupavam sua cabeça, e ele não entendia nadica de nada desse grande problema.

Os passos chegaram mais perto, mas agora parecia que a pessoa que se aproximava estava desacelerando o ritmo. Cautelosamente, uma sombra escura moveu-se perto das casas e parou na frente da de Nemecsek. O vulto espiou pelo portão, até entrou por um momento, mas saiu de novo. Parou. Esperou. Depois começou a subir e descer a rua em frente à casa. Quando pela primeira vez chegou até o ponto iluminado pelo lampião, o vento soprou e afastou as abas do casaco. Boka lançou um olhar naquela direção e viu por baixo do casaco o brilho de uma camisa vermelha.

Era Feri Áts.

Agora, os dois chefes se encaravam, desafiadores. Pela primeira vez na vida de ambos, estavam de frente um para o outro, olho no olho. Ali se encontraram, diante da casa em dor. Um foi levado por seu coração; o outro, pelo impulso de sua consciência. Eles não disseram uma palavra, apenas se olharam. Então Feri Áts retomou o andar de um lado a outro. Andou e andou por muito tempo, até que o zelador emergiu da escuridão para trancar o portão. Feri Áts foi até ele, tirou o boné e perguntou alguma coisa em voz baixa. A resposta do zelador chegou até os ouvidos de Boka, e foi:

– Mal.

E fechou o portão enorme, pesado. O clangor perturbou o silêncio da rua e depois desvaneceu como um trovão nas montanhas.

Feri Áts partiu, devagar, para a direita. E Boka também precisava ir para casa. O vento frio uivava, enquanto um líder militar seguia pela direita, e outro pela esquerda. Mas mesmo assim não trocaram palavra.

Agora a rua estreita adormecia, na noite fria de primavera. Apenas o vento a percorria, orgulhoso, sacudindo os painéis dos postes de luz, agarrando os jatos de gás e fazendo guinchar um ou dois cata-ventos. Soprava para dentro de cada fresta, mesmo no quartinho onde um pobre alfaiate franzino estava sentado à mesa, comendo toicinho tirado de um saquinho de papel-jornal, seu sóbrio jantar, e onde em uma cama rente ao chão estava deitado um pequeno capitão ofegante, delirando, com bochechas em chamas e olhos brilhantes. Esse mesmo vento sacudia a janela e soprava a chama da lâmpada a querosene. A mulher miúda cobriu o filho.

– O vento está soprando forte, meu amor.

E o capitão, com um sorriso triste e abatido nos lábios, sussurrou:

– Vem soprando do *grund*... Do nosso querido, amado *grund*.

9

PÁGINAS DO CADERNO OFICIAL DO CLUBE DA MASSA

Minutas

Em assembleia geral ocorrida hoje, as seguintes resoluções foram adotadas e são devidamente registradas no caderno oficial:

1. Na página 17 do caderno oficial há um registro que diz: "ernó nemecsek" em letras minúsculas. Tal registro é aqui declarado inválido. Devido a este registro basear-se em um erro, a assembleia geral reconhece ter prejudicado o dito membro sem justificação, e é um fato histórico que o dito membro enfrentou honradamente esta humilhação e combateu na guerra como um verdadeiro herói. O clube, portanto, declara que o registro foi totalmente uma falha do próprio clube, e o secretário-registrador fará em letras completamente maiúsculas o registro do nome desse membro.
2. Eu, por meio deste, registro em letras completamente maiúsculas: ERNÓ NEMECSEK
(assinado) Leszik, secretário-registrador.

3. A assembleia geral do Clube da Massa estende seu agradecimento unânime ao general János Boka, por ter conduzido a guerra de ontem como um líder militar do livro de História e, em sinal do nosso respeito, foi decidido que cada um de nós irá, na respectiva casa, abrir seu livro de História e nele, na página 168, na quarta linha a contar de cima, escrever a caneta, próximo do título de János Hunyadi, "e János Boka". Isso foi resolvido porque nosso líder merece, pois, se ele não tivesse planejado as coisas tão bem, os camisas-vermelhas teriam nos derrotado. E todos nós estamos obrigados a ampliar o capítulo sobre "O desastre em Mohács" escrevendo a lápis, acima das palavras "Abbot Tomori", que também foi derrotado, "e Feri Áts".
4. A despeito dos protestos, o general János Boka confiscou os ativos do clube (24 *krajcár*) porque cada um precisou dar tudo o que tinha para ajudar no esforço de guerra. Do total recolhido, uma corneta foi comprada por um florim e quarenta *krajcár*, embora ela pudesse ter sido adquirida por 50 ou 60 *krajcár* no Bazar Roser. Contudo, eles precisaram comprar o tipo mais caro, porque esse tem um som mais poderoso. Depois nós também capturamos a dos camisas-vermelhas, de modo que agora temos duas cornetas militares, mas não precisamos mais de nenhuma; ou, se precisarmos, uma certamente bastará. Portanto, foi decidido que o clube exija a devolução dos ativos do clube (24 *krajcár*) e permita que o general venda a outra corneta, porque precisamos ter nossos ativos de volta (24 *krajcár*). Ele prometeu que fará isso.
5. Pal Kolnay, presidente do clube, fica por meio deste censurado pelos membros por permitir que a massa oficial secasse. Uma vez que é necessário ter um registro do debate, passo a transcrevê-lo nestas minutas:
Presidente: Eu não mastiguei a massa porque estava ocupado com as questões da guerra.
Irmão Barabás: Ah, é assim? Isso não é desculpa.

Presidente: O Barabás gosta de sempre tentar me provocar, mas peço que ele se limite a cumprir as regras. Com todo o prazer eu mastigarei a massa, porque sei que isso é esperado de mim como presidente do clube. Mas não tolerarei essas bobagens.
Irmão Barabás: Eu não estou tentando provocá-lo.
Presidente: Está sim.
Irmão Barabás: Não, não estou.
Presidente: Ah, está, está sim.
Irmão Barabás: Ah, não, não estou não.
Presidente: Ah, chega. Seja como você quiser.
Irmão Richter: Companheiros! Proponho que se registre no caderno oficial uma reprimenda ao presidente por negligência do dever.
Os membros: Isso mesmo! Vamos.
Presidente: Quero apenas apelar a vocês que o clube me perdoe desta vez, nem que seja somente porque eu lutei muito bem ontem; como um leão selvagem. Fui o ajudante de ordens e em meio a enorme perigo corri para as trincheiras e fui vencido pelo inimigo. Sofri pelo nosso território, então por que deveria agora sofrer em separado por não manter a massa úmida?
Irmão Barabás: Isso é outra questão.
Presidente: Não é.
Irmão Barabás: Ah, é sim.
Presidente: Não é.
Irmão Barabás: É sim.
Presidente: Ah, está bem. Seja como você quiser.
Irmão Richter: Peço que acatem a minha proposta.
Membros: Acatada.
Membros da esquerda: Nós não acatamos.
Presidente: Ponha em votação.
Irmão Barabás: Proponho que seja votada por nome.

Uma votação é levada a cabo.

Presidente: Por uma maioria de três votos, o clube declara Pal Kolnay repreendido. Eu acho que foi um truque sujo.
Irmão Barabás: O presidente não tem o direito de fazer comentários ofensivos à votação.
Presidente: Tem, tem sim.
Irmão Barabás: Não tem.
Presidente: Ah, tem sim!
Irmão Barabás: Não, não tem.
Presidente: Está bem, seja como você quiser.

Não havendo outros assuntos em aberto, o presidente suspendeu a assembleia.

(assinado) Leszik, secretário-registrador
Kolnay, presidente – Eu ainda acho que foi um truque baixo.

10

Na pequena casa amarela da Rua Rakos reinava um grande silêncio. Mesmo os inquilinos, que geralmente se reuniam para fofocar em voz alta no pátio, passavam na ponta dos pés diante da porta de Nemecsek. Faxineiras levavam até o canto mais afastado do pátio todos os tecidos e tapetes que precisavam ser batidos; elas sovavam esses objetos com uma delicadeza nada habitual, para poupar o doente da irritação do barulho. Fossem os tapetes capazes de se entregar à reflexão, eles provavelmente teriam se perguntado por que, em vez da surra furiosa, estavam recebendo naquele dia tapinhas tão delicados...

Vez por outra, os inquilinos espiavam pela porta de vidro:

– Como vai o rapazinho?

A resposta era invariável:

– Mal, muito mal.

As doces senhoras levaram vários presentes:

– Por favor, senhora Nemecsek, aceite este pouco de vinho...

Ou então:

– Se a senhora não se ofende, aqui estão alguns doces...

A mulher franzina, com os olhos banhados de lágrimas, abria e fechava a porta para as vizinhas simpáticas, agradecia cordialmente os presentes, mas tinha bem pouco uso para os regalos. Chegou mesmo a dizer, para uma ou duas:

– O coitadinho não está comendo nada. Faz agora dois dias que mal conseguimos despejar umas poucas colheradas de leite na boca dele.

Às três da tarde, o alfaiate voltou para casa. Ele tinha ido até uma loja que costumava lhe passar trabalho. Calado e com cuidado ele entrou na cozinha, mas nada perguntou à esposa. Simplesmente olhou para ela. E ela para ele. Silenciosamente eles ficaram de pé, se encarando; ele nem mesmo apoiou as roupas que tinha trazido no braço.

Então, na ponta dos pés, ambos entraram no quarto onde o menino estava acamado. Ah, sim, uma mudança enorme tinha acometido o outrora feliz soldado raso da Rua Paulo, agora um capitão entristecido. Ele emagrecera, o cabelo estava longo, as faces fatigadas. Ele não estava pálido, e talvez esse fosse um dos aspectos mais preocupantes de sua doença – o fato de suas bochechas estarem sempre coradas. Mas não era um rubor saudável. Era a irradiação de um fogo interno que, durante dias, vinha consumindo o pobre incessantemente.

Pai e mãe pararam junto à cama. Eles eram pessoas pobres, simples; muitos tinham sido os calvários e as provações na vida deles. Portanto, eles não reclamavam. Eles só ficaram ali, de cabeça baixa, encarando o chão. Depois, de um modo quase inaudível, o alfaiate perguntou:

– Ele está dormindo?

A mulher não se atreveu a responder com palavras. Ela meramente assentiu. Pois o menino estava agora deitado na cama de um jeito que impedia os pais de saberem se ele estava dormindo ou não.

Ouviram uma tímida batida na porta da frente.

– Talvez seja o doutor – a mulher cochichou.

O homem respondeu:

– Vá abrir.

A mulher saiu e abriu a porta. Boka estava parado à entrada. Um sorriso dolorido surgiu nos lábios da franzina senhora Nemecsek, ao ver o amigo de seu filho.
– Posso entrar?
– Pode, filho.
Ele entrou.
– Como ele está?
– Nada bem.
– Assim tão mal?
Mas ele não esperou pela resposta; entrou no quarto, e a senhora atrás. E agora os três cercavam a cama, e nenhum emitiu nem um som. Enquanto estavam parados de pé ali, a criança doente pareceu sentir sua presença e saber que estavam em silêncio por causa dele; lentamente, abriu os olhos. Primeiro ele olhou tristemente para o pai, depois para a mãe. Mas quando, por fim, ele viu Boka, abriu um sorriso. Em uma voz que mal se pôde ouvir, ele disse:
– É você, Boka?
Boka se aproximou.
– Sim, estou aqui.
– Você vai ficar aqui?
– Vou.
– O tempo todo… até eu morrer?
Boka não soube o que dizer. Ele sorriu para o amigo e, como se procurasse conselho, olhou para trás na direção da senhora. Mas ela estava de costas, com uma ponta do avental sobre os olhos.
– Você está falando bobagem, meu filho – disse o alfaiate limpando a garganta. – Ora, ora, mas que tolice.
Mas Ernó Nemecsek não deu nenhuma atenção ao que seu pai dizia. Ele olhou para Boka e moveu a cabeça na direção do pai.
– Eles não sabem – ele disse.
Então Boka disse com voz firme:

– Ah, sabem sim. Sabem melhor que você.

O rapazinho se remexeu e, com grande esforço, levantou do travesseiro e se pôs sentado. Não permitiu que ninguém o ajudasse. Ele levantou dois dedos no ar e disse, com uma seriedade austera:

– Não acredite no que eles dizem. Estão só brincando. Eu sei que vou morrer.

– Isso não é verdade.

– Você falou que não é verdade?

– Falei.

O rapazinho lançou um olhar indignado ao amigo:

– Então eu estou mentindo para você, é?

Eles tentaram acalmar o menino e garantir a ele que ninguém estava dizendo que ele era um mentiroso. Mas dessa vez ele foi implacável, ressentido com a dúvida dos outros. Então assumiu um ar muito digno e declarou:

– Bem, então eu lhe dou minha palavra de honra de que vou morrer.

A zeladora enfiou a cabeça porta adentro.

– Senhora Nemecsek, o doutor está aqui.

O médico entrou e foi respeitosamente cumprimentado por todos os presentes. Era um senhor idoso muito severo. Ele não disse uma palavra. Com um mero aceno de cabeça, foi diretamente para a cama. Tomou o pulso da criança, depois esfregou a testa. Também pousou a cabeça no peito do menino e escutou. A mãe não pôde evitar a pergunta:

– Por favor... senhor... ele piorou?

Por fim, o médico falou:

– Não.

Mas ele falou de um jeito muito estranho. Falou sem nem mesmo olhar para a mulher. Depois pegou o chapéu e dirigiu-se para a porta. Humildemente, o alfaiate baixinho correu na frente para abrir a porta para o médico.

– Vou acompanhá-lo, doutor.

Na cozinha, o médico gesticulou para que o alfaiate fechasse a porta. O pobre sujeito desconfiava do significado do desejo do médico de se reunir a sós com ele. Mas pareceu-lhe que a expressão severa do médico agora se tornava mais benigna.

– Senhor Nemecsek, você é um homem e quero ser franco com você.

O alfaiate baixou a cabeça.

– Não parece provável que seu jovem filho dure até o amanhecer. Talvez nem mesmo até esta noite.

O alfaiate permaneceu imóvel. Apenas alguns minutos mais tarde ele foi capaz de se mexer, sacudindo a cabeça em silêncio.

– Estou lhe dizendo isso – continuou o médico – porque você é um homem, e é melhor que não esteja desprevenido. Creio... que você deva... tomar as... providências... que são necessárias... em ocasiões assim...

Ele olhou por mais um momento para o homenzinho esmagado, e depois, de repente, pousou a mão em seu ombro.

– Deus o abençoe. Voltarei em uma hora.

O alfaiate não ouviu essas últimas palavras. Ele estava olhando para baixo, para o chão imaculado da cozinha; ele não reparou nem mesmo que o médico tinha partido. O único pensamento que girava em sua cabeça era a necessidade de tomar providências. Ele sabia que precisava providenciar o que era habitual em um momento daqueles. O que o médico tinha querido dizer? Certamente, não um caixão!

Ele voltou para o quarto e sentou-se em uma cadeira. Recusou-se a dizer qualquer coisa, apesar das súplicas da esposa:

– O que o doutor falou?

Ele meramente abanou a cabeça.

O menino na cama subitamente pareceu ter mudado para um ânimo alegre. Virou-se para Boka:

– Ei, János, venha aqui.

Boka foi até ele.

– Sente na beirada da minha cama. Você não está com medo, está?

– Claro que não. Do que eu estaria com medo?

– Bem, você poderia ter medo de que eu morresse enquanto você está sentado aqui. Mas não se preocupe com isso. Se eu sentir a morte vindo, vou avisá-lo com antecedência.

Boka se sentou.

– O que você deseja?

– Diga-me – disse o rapazinho, pondo os braços ao redor do pescoço de Boka e curvando-se até as orelhas do amigo, como se ansioso por revelar um grande segredo –, o que aconteceu com os camisas-vermelhas?

– Ora, nós os derrotamos.

– E depois?

– Depois eles foram para o Jardim Botânico para fazer uma reunião. Esperaram lá até tarde da noite, mas Feri Áts não apareceu. Eles se cansaram de esperar e foram para casa.

– E por que Feri Áts não apareceu?

– Porque estava envergonhado de si mesmo. E porque sabia que seria demitido, por ter perdido a guerra deles. Então eles tiveram outra reunião hoje à tarde. Dessa vez o Feri Áts estava presente também. Ontem à noite eu o vi aqui, na frente da sua casa.

– Aqui?

– Aqui. Ele perguntou ao zelador como você estava.

Isso deixou Nemecsek muito orgulhoso. Ele mal podia acreditar nos próprios ouvidos.

– Você quer dizer ele pessoalmente?

– Sim, ele pessoalmente.

Isso fez o rapazinho se sentir bem. Boka continuou:

– Então, como eu ia dizendo, eles se reuniram outra vez na ilha e fizeram uma confusão danada. Brigaram terrivelmente porque todos, menos dois, insistiam que Feri Áts fosse destituído do cargo. Wendauer e Szebenics eram os únicos ao lado dele. É claro que os irmãos Pásztor ficaram fortemente contra ele, porque o mais velho queria ser o líder. No fim, eles realmente despediram Áts e elegeram o mais velho dos Pásztor no lugar dele. Mas sabe o que aconteceu?

– O quê?

– Simplesmente isto: quando eles finalmente ficaram em silêncio de novo e tinham um novo chefe, o vigia do Jardim Botânico foi até eles e disse que o superintendente não ia mais aguentar aquela algazarra. Daí expulsou todos eles. A ilha foi trancada. E puseram uma porta na ponte.

O capitão Nemecsek riu com vontade.

– Até que não foi mau – ele comentou. – Como você soube disso?

– O Kolnay me contou. Encontrei com ele no caminho para cá. Ele estava indo para o *grund*. O Clube da Massa está realizando outra assembleia geral.

Ao ouvir isso, o rapazinho fez uma careta. Baixinho, ele disse:

– Eu não gosto muito daquela turma. Eles escreveram meu nome em letras minúsculas.

Boka se apressou em confortar o amigo.

– Isso foi corrigido. Não só isso, eles também escreveram seu nome, todo em maiúsculas, no caderno deles.

Nemecsek balançou a cabeça, em dúvida.

– Eu não acredito. Você só está me dizendo isso porque estou doente e você quer me consolar.

– Não, de jeito nenhum. Estou dizendo porque é verdade. Por minha palavra, é verdade.

O loirinho levantou os dedos enfraquecidos.

– Agora você está até dando sua palavra de honra para contar uma mentira, só para me fazer sentir bem.

– Mas...

– Não diga mais nada!

Ele havia gritado. Ele, o capitão, gritando com seu general! Sim, no sentido mais amplo do termo. No *grund*, aquilo teria sido um crime temerário; mas ali não era. Boka sorriu, indulgente.

– Muito bem – ele disse. – Se você não acredita em mim, logo terá a chance de ver por si mesmo. Eles fizeram um estandarte de honra e estarão aqui a qualquer minuto. Estão trazendo o estandarte para você. O clube inteiro está vindo.

Mas o doente continuava cético.

– Ver para crer!

Boka deu de ombros. Ele pensou: "É melhor que ele não acredite, assim vai ficar muito mais feliz ao ver".

Mas a conversa serviu para entristecer Nemecsek, que estava profundamente magoado com a injustiça feita contra ele pelo Clube da Massa. Ele estava instigando de novo a própria raiva.

– Sabe – ele disse –, o que eles me fizeram foi totalmente nojento!

Boka não ousou dizer mais nada, por medo de aumentar a irritabilidade do amigo. Quando perguntado "Você não acha que tenho razão?", ele concordou.

– A verdade – disse Nemecsek, e sentou-se em cima do travesseiro – é que eu lutei por eles tanto quanto lutei pelos outros, para que pudessem ter o *grund* também. E eu sei que não foi por mim mesmo, porque eu nunca mais vou ver o *grund* de novo.

Ele se deixou afundar. Sua cabecinha ficou perturbada pelo pensamento terrível de não tornar a ver o *grund*. De muito boa vontade ele deixaria para trás todas as coisas terrenas, se ao menos não precisasse deixar o *grund*, o "precioso *grund*".

E eis que acontecia agora o que não tinha acontecido durante toda a sua doença: pensar em deixar o *grund* fez seus olhos marejar. Não era tanto um sentimento de tristeza o que o fazia chorar, e sim uma raiva impotente contra algo poderoso, que não o deixaria ir à Rua Paulo mais uma vez, perambular pelas fortalezas, nem perto do barraco. Em sua imaginação, ele via agora o galpão, o depósito, as duas amoreiras altas cujas folhas ele costumava apanhar para Csele, porque Csele era um criador apaixonado de bichos-da-seda, que se alimentam dessas folhas, e porque Csele, sendo um janota, nem pensaria em arriscar suas roupas trepando em uma árvore – de modo que mandava que Nemecsek subisse, porque ele era soldado raso. Ele se lembrou também da pequena chaminé esquelética de ferro, que alegremente baforava nuvenzinhas brancas como neve na direção do céu azul, e que rapidamente se dissolviam. Ele pareceu até ouvir o guincho familiar da serra, quando encontrava a ripa de madeira e a cortava em pedacinhos.

Suas faces estavam coradas, e os olhos brilhavam forte. Ele gritou:

– Eu quero ir ao *grund*!

E, dado que ninguém respondeu a seu apelo, ele repetiu:

– Eu quero sair para ir ao *grund*!

Boka gentilmente lhe tomou a mão e disse:

– Você vai na próxima semana, quando estiver bem de novo.

– Não, não, não! – ele insistiu. – Eu quero ir lá agora! Imediatamente! Ponha uma roupa em mim e eu vou colocar também o boné da Rua Paulo.

Ele enfiou a mão por baixo do travesseiro e, depois de remexer um pouco, tirou de lá, triunfal, o boné vermelho e verde amarrotado, do qual não havia se separado nem por um instante. Agora ele o punha na cabeça.

– Me dá as minhas roupas!

Tristemente, o pai lhe disse:

– Quando você estiver melhor, Ernó querido.

Mas ele estava fora de controle. Com toda a força de seus pulmões doentes, ele berrou:

– Eu nunca vou ficar melhor!

E, como ele disse isso com máxima veemência, ninguém pensou em contradizê-lo.

– Eu não vou melhorar, estou dizendo a vocês! – ele gritou de novo. – Vocês todos estão mentindo para mim, porque tenho certeza de que vou morrer... e quero morrer onde tiver vontade! Eu quero sair para o *grund*!

É claro que aquilo estava totalmente fora de questão. Todos correram até ele e tentaram acalmá-lo, dissuadi-lo, explicar-lhe:

– Não tem como, agora...
– O tempo está horrível...
– Na semana que vem...

E mais uma vez voltaram as palavras agoniadas que eles não ousavam verbalizar na presença inteligente dele.

– Quando você estiver melhor.

Mas tudo o que diziam estava fadado a ser contrariado. Quando falavam do tempo, o sol por acaso brilhava com força e calor no pátio – o sol radiante de primavera, que a tudo dá vida e em tudo instila vida; apenas Ernó Nemecsek não podia reconquistar sua vida. E o menino estava quase delirando. Seus braços estavam abertos; o rosto, corado; e as delicadas narinas, dilatadas. E ele estava declamando:

– O *grund* é todo um império! Vocês não sabem o que isso significa porque nenhum de vocês jamais lutou pela pátria!

Houve uma batida à porta. A mulher saiu, depois voltou e disse ao marido:

– O senhor Csetneky está lá fora.

O alfaiate foi para a cozinha. Aquele homem, Csetneky, era um funcionário público municipal cujas roupas eram todas feitas por Nemecsek. Ao ver o alfaiate, ele nervosamente disse:

– Então, e o meu jaquetão marrom?

Enquanto isso, lá dentro, prosseguia a declamação patética do rapazinho:

– As cornetas estavam soando... e o terreno estava cheio de areia... Avançar! Avançar!

– Se quiser fazer o obséquio, senhor – disse o alfaiate –, pode provar agora, mas sou obrigado a pedir-lhe, senhor, que tenha a gentileza de vesti--lo aqui na cozinha... Mil perdões, senhor... mas meu filhinho está muito doente... lá dentro...

– Avançar! Avançar! – chegavam os gritos infantis. – Atrás de mim, rapazes! Atacar! Estão vendo os camisas-vermelhas ali adiante? Aquele é Feri Áts, e a lança prateada na frente... Eles agora vão me jogar na água!

O senhor Csetneky não pôde evitar interessar-se pelo barulho.

– O que é isso?

– É o coitadinho gritando.

– Se ele está doente, por que grita?

O alfaiate deu de ombros:

– Na verdade, senhor, ele não está mais doente... É o fim... o pobrezinho está delirando...

Em seguida ele pegou o jaquetão marrom, que estava pespontado com algodão branco. Quando ele abriu a porta, ouviu-se o menino gritando:

– Cuidado aí nas trincheiras! Atenção! Aí vêm eles... eles estão aqui! Corneta, toque agora!

Ele fez um funil com as mãos:

– Trará... trará... tratatá!

E gritou para Boka:

– Toque a corneta você também!

E Boka também foi obrigado a juntar as mãos na boca. Os dois estavam soprando: um com uma voz cansada, rouca e como um silvo. O outro com uma voz forte, ressonante, mas igualmente triste. Boka sentia um nó na garganta, lágrimas iminentes, mas prosseguiu com toda a hombridade, como se lhe desse um prazer genuíno imitar uma corneta.

– Sinto muito – o senhor Csetneky disse, ao tirar o paletó –, mas é que estou mesmo precisando deste jaquetão marrom.

– Trará! Trará! – persistia o som no cômodo ao lado.

O alfaiate ajudou o senhor Csetneky a vestir o traje. Depois, em silêncio, concentrou-se no assunto que tinha em mãos.

– Está um pouco apertado na cava – disse o cliente.

– Sim, senhor. Vou consertar isso.

– Trará! Trará!

– Este botão está muito alto. Ponha-o um pouco mais para baixo, porque gosto que a camisa bem passada apareça com destaque no peito.

– Sim, senhor.

– Ataque com força total! Avançar!

– Esta manga parece estar um pouco curta.

– Não me parece.

– Olhe direito. Esta é sua maior falha, você faz todas as mangas muito curtas!

– Não é falha minha, absolutamente – o alfaiate murmurou para si mesmo, e com um giz fez uma marca na manga. No quarto ao lado, o barulho aumentava cada vez mais.

– Ahaha! – gritou uma voz infantil. – Então você está aqui? Bem na minha frente! Finalmente vou pegar você, seu chefe terrível! Bem, venha de uma vez! Vamos ver quem é o mais forte!

– Ponha um pouco de enchimento aqui nos ombros – disse o senhor Csetneky – e dos dois lados do peito.

– Biff! Bang! Pronto, derrubei você!

O senhor Csetneky tirou o jaquetão marrom e o alfaiate o ajudou a vestir aquele com o qual tinha ido até lá.

– Quando ficará pronto?

– Depois de amanhã.

– Muito bem. Cumpra isso, para que eu não precise esperar uma semana a mais, como precisei da última vez. Você está com outro serviço?

– Se meu filho não estivesse doente, senhor.

Csetneky deu de ombros.

– Isso é bem ruim, e eu lamento muito por você, mas, como falei antes, realmente tenho pressa de receber o jaquetão. É melhor você começar agora mesmo.

– Pode confiar em mim, senhor.

– Até logo! – disse o senhor Csetneky, e alegremente se dirigiu para a porta. Ali, ele se virou mais uma vez. – Comece imediatamente!

O alfaiate pegou o belo jaquetão marrom, mas seus pensamentos estavam no que o médico dissera. Ele deveria tomar as providências que são habituais em momentos como aquele. Muito bem, ele iria se sentar e trabalhar. Sabia-se lá para o que o pagamento poderia ser necessário. Aqueles míseros florins talvez rolassem para o bolso do marceneiro que faz caixões, enquanto o senhor Csetneky, de roupas novas, passearia de peito estufado ao longo do Rio Danúbio.

Ele voltou ao quarto e começou imediatamente a costurar. Não olhou mais para a cama. Dava os pontos agilmente, para acabar o serviço a tempo. Fosse como fosse, era um pedido urgente. O senhor Csetneky precisava receber. Assim como o marceneiro.

O pequeno capitão estava totalmente fora de controle agora. Parecia ter recuperado um pouco das forças e estava de pé em cima da cama. O longo camisolão lhe chegava aos tornozelos. O boné vermelho e verde equilibrava-se jovialmente em sua cabeça. Ele bateu continência. A rouquidão se transformou em um som estridente, e seu olhar perscrutava furtivamente o ar:

– General, peço permissão para reportar, senhor, que derrubei o líder dos camisas-vermelhas. Quero a minha promoção! Não se esqueça de que sou capitão agora! Lutei pelo meu país e também morri por ele! Trará! Toque, Kolnay!

Com uma mão, ele buscou apoio agarrando-se na lateral da cama.

– Fortalezas, disparar! Ahaha! Ali está o Janó! Cuidado, Janó! Ou eles vão nomear você capitão também! E seu nome será escrito em letras minúsculas! Fogo! Seus meninos endiabrados, é isso que são! Vocês todos têm ciúme de mim porque o Boka me adorava e me escolheu para amigo, não escolheu vocês! E o Clube da Massa é uma bobagem ridícula! Eu vou sair! Quero me desfiliar do clube!

Mais baixo, ele acrescentou:

– Por favor, registre-se isso em ata.

Mas o alfaiate, trabalhando duro na bancada, ainda não via nem ouvia nada. Agilmente, seus dedos nodosos manipulavam a agulha, o dedal e o tecido. Por nada no mundo ele olharia para a cama. Ele receava que uma espiadela nessa direção o desanimasse de tudo e o fizesse jogar tudo (o jaquetão marrom do senhor Csetneky) no chão e a si mesmo na cama de seu amado filho.

O pequeno capitão sentou-se na cama e em silêncio encarou a colcha. Delicadamente, Boka perguntou:

– Você está cansado?

Nenhuma resposta. Boka aconchegou a colcha ao seu redor. A mãe suspendeu um travesseiro atrás de sua cabeça.

– Fique quietinho agora. Descanse.

Ele olhou para Boka, mas era evidente que não o reconhecera. Havia confusão em seu rosto. Ele disse:

– Pai...

– Não, não – disse o general, com voz engasgada. – Eu não sou o seu pai... Não está me reconhecendo? Sou o János Boka.

Incompreensivelmente e com uma voz exausta, o doente repetiu:

– Sou... o... János... Boka...

Silêncio prolongado. O menino fechou os olhos e deu um suspiro profundo, como se a angústia de todos os seres humanos que sofrem estivesse alojada na alma dele.

Fez-se silêncio.

– Talvez ele tenha dormido – cochichou a mãe, que estava completamente exaurida como resultado da vigília prolongada.

– Vamos deixá-lo – Boka respondeu com outro cochicho.

Eles se sentaram no sofá gasto. Nesse momento o alfaiate parou, pousou o jaquetão marrom em um joelho e apoiou a cabeça na bancada de trabalho. Ninguém falou. Havia um silêncio inerte no ar, exceto pelo zumbido de uma mosca.

O som de vozes de criança penetrou pela janela. Parecia que havia muitas crianças lá fora, todas conversando aos sussurros. De repente, uma palavra familiar chamou a atenção de Boka. Era um nome, cochichado por alguém no pátio:

– Barabás.

Boka se levantou e na ponta dos pés deixou a sala. Quando abriu a porta de vidro da cozinha e saiu para o pátio, viu nada menos que vários rostos conhecidos. Um grupo dos Meninos da Rua Paulo estava timidamente parado à porta.

– Ah, são vocês, rapazes?

– Sim – cochichou Weisz. – O Clube da Massa inteiro está aqui.

– O que querem?

– Trouxemos para ele um estandarte de honra, no qual está escrito em tinta vermelha que o clube pede desculpas e que o nome dele foi registrado no caderno em letras maiúsculas. Trouxemos o caderno junto, também. E a delegação todinha está aqui.

Boka abanou a cabeça, mortificado:

– Vocês não podiam ter vindo antes?

– Por quê?

– Porque ele está dormindo, agora.

Os membros da delegação se entreolharam.

– Não pudemos vir mais rápido porque houve uma briga sobre quem seria o líder do comitê. Precisamos de meia hora para eleger o Weisz.

A mulher apareceu à porta.

– Ele não está dormindo – ela disse. – Está com febre de novo.

Os meninos se empertigaram. Estavam todos chocados.

– Entrem, meninos – disse a mulher. – Quem sabe o pobrezinho melhora, ao ver vocês.

Ela abriu a porta para eles. Entraram de um em um, com reverência e profundamente comovidos, como se adentrassem uma igreja. Mesmo antes de entrar eles já tinham tirado os chapéus. Quando o último passou pela porta, que se fechou atrás deles, o grupo estava enfileirado à porta do quarto do doente. Ali ficaram: mudos, respeitosos e de olhos arregalados. Eles olharam para o alfaiate, depois para a cama. Mas o alfaiate não levantou a cabeça, que estava apoiada no braço. Ele não estava chorando. Mas estava esgotado. O capitão acamado tinha os olhos muito abertos, e pela boquinha fina respirava pesada e profundamente. Mas não reconheceu ninguém. Talvez ele já estivesse vendo coisas não visíveis para olhos terrenos.

Delicadamente, a mãe empurrou os meninos para a frente.

– Vão até ele.

Lentamente, arriscaram-se na direção da cama. Mas precisaram se encorajar uns aos outros:

– Você vai primeiro.

– Não, vai você.

Barabás disse:

– Você é o líder da delegação.

Diante disso, Weisz andou devagar até a cama. Os outros se agruparam atrás dele. Mas o menino não estava olhando para eles.

– Fala com ele – cochichou Barabás.

Com voz trêmula, Weisz começou:

– Você... Nemecsek...

Mas Nemecsek pareceu não ouvir. Ele estava ofegando e encarando a parede.

– Nemecsek! – repetiu Weisz, com as lágrimas quase jorrando dos olhos.

Barabás cochichou na orelha dele:

– Para de chorar.

– Eu não estou chorando – Weisz respondeu, e ficou aliviado por conseguir dizer aquilo sem chorar de verdade. Então tomou coragem.

– Honrado capitão Nemecsek! – ele continuou, e tirou um papel do bolso. – Nós estamos aqui... E eu como presidente... em nome do clube... por meio desta... Nós estávamos errados... e todos pedimos o seu perdão... E aqui está seu estandarte de honra... Você vai ver que está escrito...

Ele virou a cabeça para esconder duas lágrimas brilhantes. No entanto, nem por todo tesouro do mundo ele teria abandonado o tom formal que era o maior prazer deles.

– Senhor secretário – ele cochichou para alguém atrás –, por favor, passe-me as minutas do clube.

Obedientemente, Leszik entregou a ele o grande caderno. Timidamente, Weisz o pousou na beirada da cama, e abriu na página marcada com "Minutas".

– Olha aqui – ele disse ao doente –, aqui está.

Mas os olhos de Nemecsek se fecharam lentamente. Eles aguardaram um momento. Então Weisz disse outra vez:

– Olha aqui.

Não houve resposta. Todos se aproximaram um pouco. A mãe, trêmula, atravessou o grupo e se curvou sobre o filho.

– Veja – ela disse para o marido, em um tom estranho e trêmulo de perplexidade –, ele não está respirando...

Ela pôs a mão no peito do menino.

– Ah! – ela gritou a plenos pulmões, sem se importar com a presença dos outros. – Ele não está respirando!

Os meninos se afastaram para um dos cantos do quarto. Ali, mantiveram-se bem juntos. O "grande caderno" caiu no chão, aberto tal como Weisz o deixara.

A mulher estava gritando:

– Ah, meu marido! As mãos dele estão frias!

E no longo silêncio sufocante que se seguiu a essas palavras eles ouviram o alfaiate, que estivera imóvel na bancada, com a cabeça no braço, subitamente começar a chorar. Discretamente, quase inaudivelmente, como convém a homens adultos. Seus ombros se sacudiam convulsivamente. Mas mesmo nessa hora ele não se esqueceu do belo jaquetão marrom do senhor Csetneky; tirou-o do joelho, como que para evitar que se manchasse com suas lágrimas.

A mulher abraçou o filho morto e o cobriu de beijos; depois ajoelhou-se na lateral da cama, enterrou a cabeça no travesseiro e começou, também ela, a chorar.

E Ernó Nemecsek, membro do Clube da Massa, capitão do *grund* da Rua Paulo, ficou estendido na cama – em silêncio eterno, o rosto branco como a parede e os olhos rigidamente fechados. Ficou bem claro nesse momento que ele não vira nem ouvira nada do que ocorrera ao seu redor, pois os anjos tinham vindo tirar a visão e a audição do capitão Nemecsek para levá-las para o lugar onde apenas os que são como o capitão Nemecsek podem ver a luz divina e ouvir a doce melodia.

– Nós chegamos tarde demais – cochichou Barabás.

Boka estava parado no meio do quarto, com a cabeça baixa. Poucos minutos antes, sentado na beirada da cama, ele mal conseguira conter as lágrimas. Agora percebia com espanto que nenhuma lágrima lhe vinha aos olhos e que não conseguia chorar. Depois ele olhou ao redor, com um vazio infinito no coração. Viu os meninos amontoados no canto. Weisz estava na frente, tendo em mãos o estandarte de honra que Nemecsek não vivera o suficiente para ver.

Boka foi até o grupo.

– Vocês todos vão para casa, agora.

E as pobres crianças se sentiram aliviadas pela oportunidade de sair dali, daquele quartinho estranho, onde um de seus melhores amigos jazia morto. Um a um eles se esgueiraram para a cozinha e de lá para o pátio ensolarado. Leszik foi o último. Ele tinha se demorado de propósito. Depois que todos os demais haviam partido, ele avançou na ponta dos pés até a cama e discretamente apanhou o caderno das minutas. Mais uma vez ele olhou para a cama e para o capitãozinho mudo.

Em seguida, também ele foi embora e se uniu aos outros no pátio banhado de sol, junto às miseráveis árvores novas em cujos galhos passarinhos, pardais alegres, piavam. Os meninos olhavam os passarinhos e pasmavam. Não conseguiam compreender a situação. Eles sabiam que o amigo estava morto, mas não sabiam o que isso significava. Encaravam-se mutuamente abismados, como fazem aqueles confrontados por algo estranho e além de sua compreensão, algo visto pela primeira vez na vida deles.

Ao pôr do sol, Boka saiu para a rua. Ele tinha muita lição de casa para fazer, pois o dia seguinte prometia ser difícil. Uma aula extraordinariamente puxada de latim, e, não tendo sido chamado em bastante tempo, tinha certeza de que o professor Racz o faria responder a algumas perguntas orais. Mas ele não tinha a menor vontade de estudar. Atirou o livro e o dicionário por cima do ombro e deixou a casa.

Assim ele vagou sem destino por várias ruas. Mas parecia evitar a Rua Paulo e seu entorno familiar. Seu coração doía de pensar em ver o *grund* naquele dia de luto.

No entanto, em qualquer direção que seguisse, algo o fazia lembrar-se de Nemecsek.

Ali estava a Avenida Üllöi...

Fora por ali que, com Csónakos, os três haviam passado quando fizeram a primeira excursão de reconhecimento ao Jardim Botânico.

Ali estava a Rua Köztelek...

Ele se lembrou do dia em que às doze horas, depois da aula, eles haviam parado no meio daquela rua e Nemecsek, com muita agitação, relatou como, no dia anterior, um dos Pásztor havia roubado suas bolinhas de gude. E Csónakos tinha ido até a fábrica de cigarros e cheirado um pouco de pó de tabaco da esquadria de ferro da janela. E ah, nossa, como todos haviam espirrado!

Depois, a área do museu...

Ali, de novo, Boka decidiu recuar. Ele sentia que, quanto mais evitasse o *grund*, mais seria atraído para ele, irresistivelmente, por um sentimento de angústia. Quando finalmente decidiu ir até lá, sem receio e sem fazer desvios no caminho, sua alma ficou mais leve de alívio. Na verdade, ele até acelerou o passo, para chegar mais depressa. E quanto mais perto chegava do próprio domínio, mais profunda a tranquilidade que invadia sua alma. Na Rua Maria, sentiu-se à vontade para correr. Quando chegou à esquina e vislumbrou, no entardecer cada vez mais escuro, a conhecida cerca cinza, seu coração deu um pulo. Ele precisou parar. Já não havia motivo para pressa. Tinha chegado a seu destino. Lentamente, ele se aproximou do *grund*, cujo portão estava aberto. Em frente ao portão, apoiado na cerca e fumando cachimbo, estava Janó. Ao ver Boka, ele sorriu e acenou.

– Nós *fencemos* eles! – ele disse.

A resposta de Boka foi um sorriso triste. Mas Janó estava em um estado de espírito entusiasmado.

– Nós *fencemos* eles. Nós *exfulsamos* eles. Derrotamos...

– Sim – disse o general, baixinho.

Então ele se postou em frente ao vigia, nada disse por um período, e depois perguntou:

– Janó, você soube o que aconteceu?

– O quê?

– O Nemecsek morreu.

Janó pareceu confuso. Ele tirou o cachimbo da boca:

– Qual deles era Nemecsek?

– O loirinho.

– Ah, sei – disse o esloveno, e recolocou o cachimbo na boca. – Coitadinho.

Boka entrou. Agora só havia silêncio no amplo terreno baldio que fora cenário de tantas horas alegres. Devagar ele o percorreu até chegar à trincheira. Os sinais da batalha ainda eram evidentes. A areia estava cheia de pegadas. Partes do parapeito haviam desmoronado, quando os meninos escalaram para atacar.

Pilhas de madeira enfileiradas, sombrias; no alto delas, as fortalezas, sujas da pólvora que tinham usado: areia.

O general sentou-se no parapeito e apoiou a cabeça nas mãos. Reinava o silêncio no *grund*. A esquelética chaminé de ferro esfriava bastante à noite, à espera do amanhecer, quando mãos industriosas iriam mais uma vez acender o fogo embaixo dela. A serra também repousava, e o pequeno galpão dormia pacificamente sob as vinhas silvestres. Ao longe, como que ouvidos em um sonho, os sons da cidade. Táxis passavam estrondeando, vozes humanas chamavam umas às outras e da janela traseira de uma casa, talvez da cozinha, que estava iluminada, uma canção alegre lhe chegava aos ouvidos. Devia ser uma empregada doméstica cantarolando.

Boka se levantou e deu a volta na direção do barraco. Ele parou no ponto em que Nemecsek, como um Davi de antigamente, derrubou o Golias deles, Feri Áts. Ele se abaixou até o chão, procurando avidamente pelas preciosas pegadas, que estavam fadadas a desaparecer da areia assim como seu amado amigo havia partido da vida terrena. O chão estava remexido, mas ele não conseguiu encontrar nenhuma pegada. Sem dúvida ele teria facilmente reconhecido as pegadas pequenas de Nemecsek, pois eram tão diminutas que haviam surpreendido até os camisas-vermelhas, quando eles as encontraram nas ruínas do Jardim Botânico. Eram menores até que as de Wendauer. Ah, sim, naquele dia memorável...

Boka deu um suspiro e recomeçou a andar. Foi à fortaleza 3, no topo da qual o loirinho havia pela primeira vez visto Feri Áts, que lhe dissera: "Você está com medo, Nemecsek?".

O general estava cansado. Seu corpo e sua alma estavam igualmente destroçados naquele dia. Ele cambaleou como se tivesse tomado um gole de algum vinho forte. Com considerável esforço, conseguiu escalar a fortaleza 2 e sentou para descansar. Ao menos ninguém conseguiria vê-lo, nada o perturbaria; ele poderia meditar sobre lembranças queridas e conseguiria, talvez, até chorar um pouco, se fosse possível.

A brisa levou vozes até ele. Do alto da fortaleza Boka olhou para baixo e viu duas pequenas figuras escuras em frente ao barraco. Não os reconheceu no escuro, mas escutou com atenção em busca de pistas nas vozes.

Os dois meninos conversavam em voz baixa.

– Eu lhe digo, Barabás – disse um –, você sabe que estamos agora no lugar onde o coitado do Nemecsek salvou todos nós.

E depois isto:

– Vamos, Barabás, vamos fazer as pazes de verdade e para sempre. Não faz sentido ficarmos magoados um com o outro.

– Está bem – disse Barabás, comovido. – Vou fazer as pazes com você. Afinal, foi para isso que viemos aqui.

Silêncio de novo. Assim eles ficaram, frente a frente e em silêncio, cada um à espera de que o outro fizesse um gesto de reconciliação. Por fim, Kolnay falou:

– Muito bem, então, aqui está minha mão.

Barabás, emocionado, respondeu:

– E aqui está a minha.

Eles se cumprimentaram e ficaram assim, mão na mão, por um longo instante. Depois, sem dizer mais nada, eles se abraçaram.

E foi assim. Um milagre, alguém poderia dizer. Boka, no alto da fortaleza, foi um observador silencioso. Ele queria ficar sozinho, e além disso, pensou consigo, por que haveria de se intrometer no meio dos dois?

Então as duas figuras, conversando suavemente, partiram para a Rua Paulo. Barabás estava dizendo.

– Tem um monte de lição horrível de latim para amanhã.

– Pois é – concordou Kolnay.

– Vai ser fácil – suspirou Barabás –, você foi chamado ontem. Mas a mim não chamam faz tempo, minha hora chegou.

Kolnay disse:

– É melhor você prestar atenção, porque no capítulo dois as linhas dez até vinte e três estão faltando. Seu livro está assinalado direito?

– Não.

– Com certeza você não vai decorar as coisas que ficaram de fora, não é? Vou lhe dizer uma coisa. Irei até sua casa para marcar seu livro.

– Que bom.

A cabeça deles já estava na lição! Como esqueciam depressa! Embora Nemecsek estivesse morto, o professor Racz ainda estava vivo. Bem como as aulas de latim, e acima de tudo eles próprios ainda estavam entre os vivos.

Eles foram andando e desapareceram na noite. E agora, finalmente, Boka estava totalmente sozinho. Mas sentia-se inquieto, lá em cima na fortaleza.

E estava ficando tarde, também. Ele ouviu o delicado badalar dos sinos de uma igreja em Josephtown.

Boka desceu da fortaleza e parou na frente do galpão. Viu Janó voltando do portão da Rua Paulo para sua área. Correndo atrás dele vinha Hector, abanando a cauda. Boka esperou por eles.

– E então? – perguntou o vigia. – O *jófen* não vai para casa?

– Sim, estou indo agora – Boka respondeu.

De novo o esloveno abriu um sorriso.

– Em casa boa sopa quente.

– Sim, boa sopa quente – disse Boka mecanicamente, e não pôde evitar pensar que, na pobre casa da Rua Rakos, dois seres humanos, o alfaiate e sua esposa, deveriam estar se sentando para tomar a sopa naquele momento. E que haveria velas acesas na sala. E que o belo jaquetão trespassado marrom do senhor Csetneky estaria lá também.

Ele espiou dentro do galpão.

Ali ele viu, apoiados contra a parede, vários instrumentos de aparência estranha. Placas finas redondas, vermelhas e brancas, mais ou menos semelhantes aos discos de sinalização usados por guardas ferroviários. E uma geringonça de três pernas encimada por um cilindro de latão. E uma quantidade de estacas de madeira pintadas de branco...

– O que é tudo isso? – Boka perguntou.

Janó acompanhou o olhar de Boka:

– Ah, isso? É do engenheiro.

– Que engenheiro?

– Engenheiro de construção.

O coração de Boka deu um pulo horrível.

– Engenheiro de construção? O que ele quer?

Janó deu mais uma cachimbada.

– Eles vão construir.

– Aqui?

— Sim. Operários vêm segunda-feira, cavam *grund*... fazem fundação... porão...

— O quê! – Boka gritou. – Vão construir uma casa aqui?

— Sim, casa – disse o vigia laconicamente. – Casa grande três andares... dono do *grund* vai construir.

E entrou no galpão.

O mundo parecia estar rodopiando ao redor de Boka. Agora, até aquelas lágrimas reprimidas brotavam em seus olhos. Ele se apressou, depois correu para o portão. Precisava escapar daquele pedaço de terra infiel, que fora protegido por eles ao custo de muito sofrimento e heroísmo e que estava prestes a abandoná-los descaradamente para receber em seu peito, para sempre, um grande cortiço.

Depois de passar pelo portão, ele olhou para trás de novo – como alguém que dá um adeus definitivo ao próprio país. A angústia que o invadiu ao pensar nisso, porém, foi ligeiramente abrandada. Ele encontrou consolo no fato de que, dado que o pobre Nemecsek não viveu o suficiente para receber o pedido oficial de desculpas do Clube da Massa, da mesma forma ele fora poupado da mortificação de ser despojado de seu país, pelo qual dera a vida.

E no dia seguinte, enquanto a turma toda se sentava em solene silêncio e o professor Racz montava seu púlpito para oficiar a cerimônia em memória de Ernó Nemecsek, e convocar a classe inteira a vestir luto ou, no mínimo, roupas escuras e se reunir, às três horas do dia seguinte, no humilde lar da Rua Rakos, János Boka encarava melancolicamente a carteira à sua frente. Ele estava refletindo sobre a vida – a vida da qual todos nós, tristes ou alegres, somos servos.